ラルーナ文庫

JN105171

刑事にキケンな横恋慕

高月 紅葉

三交社

CONTENTS

Illustration

小山田 あみ

刑事とヤクザと湯けむり旅情

本作品はフィクションです。
実際の人物・団体・事件などにはいっさい関係ありません。

旅へ出ようと誘ったのは大輔《だいすけ》だ。

ちょっとした勢いで、それほど本気だったわけじゃない。

田辺《たなべ》との間に、なにか新しい思い出を作ってもいいような、そんな気分になった。浮かれていただけだ。もしくは、あの男を喜ばせてみたい気がしただけ。

心に繰り返して当日を迎え、アパートのエントランスを抜けた大輔は空を見上げた。

スコンと青い晩秋の空だ。水に溶かしたように澄んだ青色に目を細めると、記憶が呼び起こされて、せつなさを覚えた。

しかし、原因となる記憶は限定できない。初めてふたりで旅をした伊豆《いず》の記憶なのか。それとも、別れた前妻のために駆け回った福島行きの記憶なのか。

どちらの記憶であったとしても、大輔はいつも、物憂い罪悪感に追われていた。

妻の倫子《のりこ》を裏切っていたことが心苦しかったのではないと思う。

結婚生活はすっかり破綻《はたん》していた。お互いにほころびを直そうともしないで、体裁だけを整えていたのだ。やり直すことさえも望まず、倫子もまた出口だけを探していた。

どちらが悪かったかと問われたら、大輔は自分だと手を挙げる。それもまた、『男の責任』だと考えているからだった。

今日の大輔は、ゆるめのジーンズにチェックのネルシャツ。その上からブルゾンを羽織っている。それなりに身繕いをしようと頑張ってはみたが、慣れないオシャレほど恐ろしいものもない。結局は定番のものを選び、前日のうちにハンガーにかけて消臭剤を振った。スニーカーで颯爽《さっそう》と駅へ向かう。電車に乗って三十分。郊外の駅で降りた。

約束の時間より早く着いたのは、相手が時間に遅れないと知っているからだ。通勤ラッシュの時間を過ぎた駅は人もまばらで、ロータリーにはタクシーも停《と》まっていない。だから、赤い外車のクーペは、すぐに見つかった。

ピカピカに磨き上げられ、今朝《けさ》もほがらかな冬の朝光を跳ね返している。田辺が大事にしている愛車は、兄貴分であるヤクザのお下がりだ。

大滝《おおたき》組若頭補佐・岩下周平《いわしたしゅうへい》の後ろ盾を受け、準構成員である田辺は投資詐欺で金を儲《もう》けていた。県警の組織犯罪対策課に所属する大輔にとっては、撲滅するべき天敵でもある。

それなのに。情報提供を言い訳にふたりの関係は続き、大輔が離婚してからはますます深みにハマっていた。

身体《からだ》の相性が良すぎるのが悪いと開き直る頃も過ぎ、田辺が他の男に惚《ほ》れているんじゃないかと考えただけで、大輔の胃は穴が開きそうに痛むようになっている。

女にもいないような美青年相手なら、食指が動いてもおかしくない。

大輔がそう言うと、田辺は「おかしいだろ」と笑い返した。

田辺も大輔もゲイではない。だからこそ、好き嫌いではなく、利害が絡んだ『悪ふざけ』でセックスを続けた。大輔とデキるのなら、岩下の男嫁・新条佐和紀《しんじょうさわき》ともデキるんじゃないかと疑ったのだ。

田辺は「絶対にありえない」と言った。「疑わないで欲しい」とも言った。

信じたいけれど信じられなかったのは、男との恋愛なんて考えたこともなかったからだ。女を好きになったようには田辺を好きになれない。

田辺はどうだろうか。初めから恋だったような顔をするくせに、ふと、もの悲しげな目を伏せ、からかい半分で強姦《ごうかん》したことを悔いているのは知っていた。

男の貞操なんて気にするなと言っても無駄だ。田辺には田辺の考えがある。そして、大輔よりも物事の本質を追いたがる。

大輔はダメだ。いまがうまく回っていればじゅうぶんだとタカをくくる癖がある。なにごとも浅く、上っ面で判断してしまう。新条とのことで胃を痛くしたのも、田辺の気持ちを考えられなかったことが原因だ。自分の迷いにばかり目が行って、相手の悩みが頭から抜け落ちてしまう。

赤いクーペに近づいた大輔は、助手席側から中を覗《のぞ》き込んだ。

運転席に座って携帯電話をいじっていた田辺が振り向いた。小ぎれいな顔に、ふわっと柔らかな笑みが浮かび、大輔は思わず後ずさる。

眼鏡《めがね》をかけた田辺はインテリめいて整った顔立ちだ。精悍《せいかん》さよりも清潔さが先に立ち、男くさい野暮ったさは微塵《みじん》もない。

髪には柔らかなパーマがかかっていて、いつも毅然《きぜん》と背筋が伸びている。

チンピラのような身のこなしが休日も抜けない大輔とは正反対だ。

仕事ではオールバックにかきあげている髪も、休みの日は下ろしている。

いかつさは薄まるはずだが、普段、チンピラやヤクザを相手にしているせいで、丁寧に対応してもどこか粗暴な態度になってしまう。警察官だと言っても冗談に取られることの方が多いぐらいだ。

ドアのロックが外れる音を聞き、大輔は助手席に乗る。

「一本早い電車に乗ったの？」

笑みを滲《にじ》ませた声に尋ねられて、妙に気恥ずかしくなる。ショルダーバッグを両手に抱いて、シートに沈み込んだ。

「たまたま、乗れたんだよ」

ぶっきらぼうに答えた手から、そっとバッグが取りあげられた。

申し訳程度に存在している後部座席へ投げ置き、田辺はそのまま大輔の左肩へ手を伸ばした。外車だが、内部は右ハンドルの日本仕様だ。

左手をシートに乗せ、右手でシートベルトを引き出す田辺の身体が近づき、大輔は密《ひそ》かに息を呑《の》んだ。呼吸をすると、爽《さわ》やかなコロンがいやでも鼻に入り込んでくる。

朝には刺激が強すぎると思っている間に、くちびるが触れた。かすめるようにさらりと、上辺をなぞられる。

「あっ……」

小さく叫んだのは大輔で、

「ごめん」

と、小声で謝ったのは田辺。

かすめるように触れたことを謝ったわけではないと、すぐにわかる。田辺はもう一度、くちびるに触れてきた。今度ははっきりとキスだ。シートベルトを右手に持ったまま、広くはない車内で田辺は身をよじっている。

「んっ……」

舌がぬるりと絡み、大輔はブルッと震えた。息をするたびに田辺のコロンが香り、心地良いと思う自分に流されかける。

アパートまで迎えに来ず、わざわざ郊外の駅を待ち合わせ場所に選んだのは、こういう下心があったからだ。離れた場所なら、出会い頭にもキスができる。

大輔は、閉じていた目を薄く開いた。

伏せられた田辺のまつ毛はすっきりと長く、引き締まった頬《ほお》に影が差すようだ。田辺の舌は遠慮がちに大輔を求め、やがてゆっくりと引いていく。

ぼんやりとしていた大輔は、下半身が反応しない程度の触れ合いにホッとした。あと少し続けられたら、勃起《ぼっき》したと思う。

「相変わらず、荷物が少ないね」

取り繕うような物言いで、田辺がサイドブレーキを解除する。苦々しく眉《まゆ》をひそめた横顔に気づき、大輔は浅く息を吐いた。

ぎこちない距離感だ。この日を指折り数えて待つ恋人同士のようには振る舞えず、かといって、なにごともない友人の振りもできない。

すれ違っているとわかっていても、噛《か》み合わせる言葉が思い浮かばなかった。こんなとき、大輔はいつも以上に野暮だ。

「パンツは入ってる」

そんなことを口にして、場をしのぐ。

一泊だけの温泉旅行だから、着替えは持ってきていない。

「それはよかった。なにも持ってこないかもしれないと思って、大輔さんの分も用意してた」

「マジか」

驚いて振り向くと、田辺はもういつもの表情に戻っていた。人をけむに巻く詐欺師の顔だ。温和で人当たりが良く、優しげなのに得体が知れない。

つまり、田辺は本心を隠すのに長《た》けている。

「おまえさ……」

大輔はぼそりとつぶやく。

「あんなのするなよ。……勃《た》つだろ」

ステアリングを握った田辺が振り向くのを感じ、大輔は急いで視線をそらした。窓ガラスとドアの境に肘《ひじ》をついて、外へ視線を向ける。ロータリーに入ってきたバスが停まり、駅がにわかに活気づく。

大輔だって、今日を楽しみにしていた。有給休暇は残っているが、取得するためには調整が必要で、温泉旅行が決まってからは、先輩の西島《にしじま》から不審がられるほど浮かれていた。

それに、温泉宿でされるであろう、淫《みだ》らでいかがわしいアレコレを想像して、ひとりで悶絶《もんぜつ》したりもしたのだ。昨日の夜はぐっすり眠ったのも、いつも以上に根を詰めて働いた結果だった。

すべては田辺との旅行のためだ。

だから、朝一のキスを恥ずかしく思っただけで、逃げられたような悲しい気持ちにならないで欲しい。本心を隠すのが上手いのに、田辺の気持ちは大輔にだけダダ漏れだ。

「だいたいな、人目があるだろ」

「ないよ」

即答する田辺の声に性的なニュアンスが滲み、大輔は流し目で睨《にら》みつけた。

「バカ……。さっさと出発しろ」

指先で頬を押し戻して、前を向かせる。すぐに離した指は火がついたように熱く、大輔は黙って拳《こぶし》の中に握り込んだ。

＊＊＊

高速道路を利用して、四時間弱。

ところどころ軽い渋滞につかまりながらも、昼過ぎには目的地・上田に着く。

まずはそば屋に入って腹ごしらえを済ませ、近くにある北国《ほっこく》街道の宿場町をぶらぶらと散策した。趣のある古い家が建ち並んでいるが、観光用ストリートとしては規模が小さい。

軒先に杉玉のかかった酒蔵を見つけ、大輔はちらりと田辺へ視線を向けた。

試飲がしたい。だが、飲んでしまっては、運転を代われない。

「上田城を見た後は、宿に入るだけだから」

にこやかにうなずいた田辺に背中を押される。

宿までは二十分ほどだと言われ、大輔は意気揚々と店内へ入った。

女性店員に勧められるままに試飲を重ね、気に入った日本酒を選ぶ。すかさず財布を取り出す田辺を牽制《けんせい》しながら、大輔も自分の財布を取り出した。

「自分で払う」

睨むように見据えると、ニットジャケットを着た田辺は気障《きざ》に肩をすくめた。

嫌味になるぐらい似合っていて、同じ男として苛立《いらだ》つ。だが、別の意味でも大輔の胸はざわめいた。

指先がじんわりと痺《しび》れるような感覚のあとで、身体がふわっと熱を持つ。大輔は落ち着きなく視線を揺らした。

「俺にも一本、選んで。家で飲むから」

大輔の反応に気がついた田辺が言い出す。

この場をやり過ごしたい大輔は、価格の高さで迷って断念した一本を嬉々《きき》として押しつけた。どうせ一緒に飲むことになると、タカをくくる。

田辺もそのつもりだろう。

「会計は二本とも一緒でお願いします」

さらりと言われ、大輔の反応が遅れる。女性店員が戸惑いを見せ、

「俺の分は、俺が」

と大輔は食い下がった。

「いえ、一緒でいいんです」

「なんでだよ」

「恥をかかせないで……ね？」

ふいに小声でささやいた田辺は、大輔が固まった瞬間に女性店員を促した。

「べつに、これぐらいの支払いで、取って食いはしないんですけど」

「仲がよろしいんですね」

微笑《ほほえ》んだ女性店員が会計を始め、悶絶必至の大輔は田辺の背後に回った。腰のあたりにドスドスと拳をぶつけ、ジャケットを指で摘《つ》まんで引っ張る。

「払うから。あとで絶対に払うから」

「また、そのうちに」

「……ちげぇよ。……くそ」

口の悪いぼやきがこぼれてしまったのは、昼食の支払いも田辺だったことを思い出したからだ。

「怒ることじゃないだろ」

酒蔵の店舗を出て駐車場へ向かう途中、田辺が斜め後ろから声をかけてきた。買った酒は二本とも、半ば強奪するようにして大輔が持っている。

「怒ってねぇし！」

「宿代を支払いそうな勢いだな」

図星をさされて、大輔はぐっと息を呑んだ。いままさに、その話をしようとしていたところだ。

「あんまり無粋なこと言うなよ」

隣に並んだ田辺のからかいに、大輔はまっすぐ前を見たまま、くちびるを引き結んだ。

「……大輔さん」

顔を覗き込まれる。

「拗《す》ねてるの？」

「違うッ！　おまえはいちいち嫌味なんだよ。……変だろ。あんなの。仲良しとか言われて……ッ」

「変？　恋人なのに？」

息を吐き出すように笑った田辺は、さっと身を翻した。

「ふざけんなよッ！」

大輔の膝《ひざ》が宙を切る。

「逃げんな」

「酒瓶を落とすから……」

「落とさないッ！」

声をひそめて怒鳴り返し、大輔はドスドスと足を踏み鳴らす。観光シーズンからはずれている上に、平日だ。人通りは途絶えている。

ひっそりとした日常の風景の中を、大輔は肩をいからせて歩く。先を急ぐ振りをしたのは、『恋人』だなんてサラリと言われ、妙に恥ずかしくなってしまったからだ。顔を見られたくない一心だった。

「置いてかないで〜。だーいすけ、さーん」

ふざけた田辺の声は優しく甘く、楽しげで、機嫌が悪くなったり怒ったりする大輔を苦にしていない。

だから、振り返らなかった。

顔を見られてしまったら、感情のすべてが悟られてしまう。それがこわくて、ひたすら前に進む。好きだと言ったことがあっても、言われたことがあっても、恋人だと確かめ合ったことはない。

しかし、そういう関係なのかもしれない。セックスで前後不覚になっていたとはいえ、大輔はもう何度も好きだと繰り返している。田辺からも言われている。

考えるとますます恥ずかしくなり、酒の入った袋を持つ手が汗ばんだ。

「大輔さん。左だよ」

またしても優しく声をかけられ、大輔はキュッと左へ曲がる。

初冬だというのに、暑くてたまらなかった。

田辺は優しい。出会った頃に比べたら、雲泥の差だ。

まるで他人のようだと思うこともある。

まず、口調からして違っていた。粗雑な語尾も、投げやりな言葉もなく、いつも丁寧に呼びかけられる。恋愛状態になれば、ざっくばらんに素が出るものだと思っていた大輔の常識は覆された。

好きなものを大事にする感覚が異なっているのだ。

大輔もいままで、自分の懐に入ってきたものは、友人でも恋人でも『大事』にしてきた。互いの関係を守り、相手の自由を許せば、それが好意の証《あかし》だ。当然、相手も同じようにしてくれると思っていた。

しかし、彼らが傷つけば自分も傷つくと思ったのは、自己愛の延長線だったかもしれない。結婚生活が破綻した原因のような気もした。

気にしていないと口にしても、折りに触れて思い出す。『家族』になると決めた相手に嫌われたことは、ちょっとしたトラウマだ。

もしかしたら、同じように田辺を傷つけ、心がすれ違っていくのかもしれない。

そもそも、心は嚙み合っているのだろうか。

ふいに湧《わ》いてきた疑問を胸に、大輔は上田城跡を田辺と歩いている。

歴史は得意じゃないが、田辺の説明をあれこれ聞くのは楽しくて、ふぅんふぅんと相槌《あいづち》を打つ。

楽しませようとしているのだろう。田辺は柔らかな口調で会話を続け、「俺ばっかりが話してる」と困ったように顔をしかめる。

そんな仕草も絵になりすぎて、大輔は地面を覆い尽くす枯れ葉を、わざと音高く踏みしめる。

おまえの話は楽しいと、その一言が口にできなくて沈黙が続く。

伊豆に行ったときは、なにを話していただろう。それを思い出そうとして、大輔はブルブルとかぶりを振った。

思い出しても仕方がない。あれは過去だ。まだ、なにも始まっていなかった頃だ。

比べてどうなるものでもない。

「どうしたの」

「……おまえばっかり話をさせて、悪いな……とか？」

「じゃあ、次は大輔さん」

「えー。べっつに、ないよ。話すことなんか」

軽い口調で答えてしまってから、これはよくないと思い、くちごもった。

まるで話をしたくないみたいだ。

「……いや、おまえみたいに歴史にも詳しくないし」

「野球の話でもいいけど？」

「ここで？　おまえ、興味ないだろ」

「でも、大輔さんには興味があるから。好きなことを教えてくれたら、嬉《うれ》しい。ここに関係なくてもいいんだよ」

田辺がうつむき、枯れ葉を蹴《け》る。らしくない仕草に、大輔は目を細めた。

ヤクザ然とした粗雑な口調の田辺と、丁寧で優しい口調の田辺。

どちらが、本当の姿なのかを見定めてみたくなる。

「おまえってさ。付き合った女にはめちゃくちゃ優しくするタイプなんだろうな」

「え……？」

「普通は『自分のもの』にしたら、ぞんざいに扱ったりするだろ。気を使わなくてもいい相手になるじゃん」

「俺は違うと思ってる？」

肩で息をついた田辺は、両手で髪をかきあげる。

「なんで、いきなり、こういう恥ずかしい話を振ってくるんだろうな。あんたは」

首の後ろに手を回し、うつむいたまま、足を止めた。

上田城には天守閣が残っておらず、城跡は広い公園になっている。ふたりがいる本丸跡には、背の高い木々が枯れ枝を伸ばしていた。遠くに石碑が見える。

「恥ずかしくないだろ。モテる男は違うなー、って思ってるだけだ。別れるときまで優しいわけじゃないよな」

「……大輔さん」

顔を上げた田辺が手を伸ばしてくる。大輔は、あたりに目を配った。

散歩している老人と、まばらな観光客。こちらを気にするような人間はいない。

「そういう話って、裏を読んでしまいそうなんだけど」

「ん？　なんで？」

大輔は素直に首を傾《かし》げた。素朴な疑問のつもりで口にしたのに、田辺の受け取り方は大げさだ。

「……あんたって……」

息を吐くように笑い、田辺はまたうつむいた。腕を掴《つか》んでいた手がするりとはずれ、大輔はどこか物足りない気持ちになる。

こんなところで抱き寄せられたくはない。しかし、近づいた田辺が離れていくと、胸の奥の、深いところがチリッと痛む。

「確かにモテてきたよ。従順な女には困らなかったし。でも、優しくはなかったと思う」

「相手が勝手に泣くんだろ」

大輔は後ずさって背中を向けた。

「もう、行こっか。一通り見たんだろ」

自分で投げた話題を放り出して、数歩進んでから田辺を振り向く。

「勘違いしてるんだよ、大輔さんは」

大股《おおまた》に近づいてきた田辺が横に並び、ふたりして駐車場へ戻る。

「これでもヤクザの端くれだし。特別な相手は作らないできた」

「恋人はいただろ？」

田辺はまだ結婚したことがない。しかし、ずっと独り身だったわけではないだろう。

「カノジョとセフレはね。その程度だよ。俺だって普通の男だ。身も心も快適で気持ちよくしてくれる相手を選んできた。だからさ……。それと、これは、違うんだよ」

「じゃあ、なんで、俺にはこんな感じなんだよ」

「冷たくされたいの？」

怪訝《けげん》そうに見てくる田辺の肩へ、軽く拳をぶつける。

「バカ、違うだろ」

「じゃあ、いままでの女に嫉妬《しっと》してくれてるとか」

「くれてる……じゃねぇよ。してない」

同じ男が相手なら別だが、女相手にはなにも感じない。田辺ほどのいい男なら、女は鈴なりに集まってくる。当然の話だ。

「してよ」

甘い口調で言われ、大輔はとっさに距離を取る。

人気のないところへ引きずり込まれそうで、警戒心を露《あら》わに一瞥《いちべつ》を投げた。

「……ん。そうだった。おまえは、悪い男だった」

言いながらスタスタと歩き、駐車場へ入る。満車にはほど遠く、数えられそうな台数がちりぢりに停まっている。

赤いクーペを目指していると、後ろから追ってくる田辺を呼び止める若い女の声がした。

「すみません……。車のエンジンがかからなくって……。見てもらえませんか」

いかつい大輔をスルーして、見た目も涼やかな田辺に声をかけたのだ。

社会人と断定するには幼さを残したロングヘアとボブカットのふたり組は、いまにも泣き出しそうな顔をしている。女子大学生かもしれない。

大輔は足早に戻り、小型車のナンバーを見た。

その間にも田辺が彼女たちに答える。

「レンタカーだろう？　営業所に電話して……」

口調こそ柔らかいが、はっきりとした拒絶の態度だ。

「ドアロックか、バッテリー上がりだろ」

大輔は口を挟んだ。プライベートとはいえ、警察官の血が騒ぐ。

免許証を取得して日が浅いと、ちょっとしたトラブルにもパニックになってしまうものだ。

「キーが回らないんだろ？　試してみるから、貸してくれる？」

手を差し出すと、落ち込んでいた女の子たちの顔がパッと明るくなった。

「お願いします……ッ」

車に乗り込んだ大輔は、ハンドルを左右に動かしながら、サイドブレーキがかかっているのを確認して、キーを差し込んだ。ハンドルを左右に動かしながらセルを回してみたが、反応はない。

ライトのスイッチも消灯になっている。車を降りて、女の子へ声をかけた。

「ハザードランプを焚《た》いたままにしなかった？」

「ハザ……、ランプ？」

運転手を務めていたのだろう女の子が、頼りない仕草で首を傾げる。

「チカチカするランプ。助手席と運転席の間にある、三角形が描かれた赤いボタン。押さなかった？」

「地図を見るときに……押した、かも……？」

淡いピンクのくちびるに指を当て、長い髪の女の子は青ざめた。ハザードランプを消した記憶もなければ、つけたままにした記憶もないのだろう。

ウィンカーの出しっぱなしよりはレアなケースだが、チカチカさせたまま走る車もたまにいる。

「いいよ。だいじょうぶ。バッテリーが上がったんだと思う」

バッテリーはエンジンに点火するための電源だ。エンジンを切った状態でランプを使用していると空になってしまうことがある。

これも初心者ドライバーには、ありがちなミスだ。

「別の車に繋《つな》げば、エンジンはかかるけど……」

田辺の車にケーブルが乗っていれば、バッテリー同士を繋いで対応できる。

「ちょっと、待ってて」

田辺の姿が見えないことにようやく気がつき、大輔は慌てて車まで戻った。すると、ケーブルを手にした田辺が携帯電話を片手に話していた。

「忙しいところ、悪かったな。それじゃあ、また今度」

大輔に気づき、小さくうなずく。ちょうど会話が終わり、画面を操作しながら近づいてきた。

「バッテリー上がりだった？　一応、車に詳しいヤツに確認しといたよ。外車と小型だから大丈夫かと思って」

「あー、そっか。問題ない？」

電気制御されている場合、他の車とバッテリーを繋ぐことは避けるように、メーカーからの告知がある。実際は可能だが、もしもの故障を懸念しているのだ。

「繋いだら、五分ほど置いてからエンジンをかけろって」

「……誰《だれ》が？」

まさか兄貴分の岩下ではないだろう。そう思いながらも、万が一を考えてしまう。しかし、田辺の返事は「岡村《おかむら》」だった。

「車に詳しいんだ。コッチじゃなければ、整備士にでもなってた」

「へー。なるほど」

大輔はしみじみとうなずいた。

岡村は田辺の同僚だ。彼は正統な岩下の舎弟で、正規の大滝組構成員でもある。経歴はよく知らないが、車やバイクに詳しい不良の転落なら想像がつきやすい。

田辺がクーペを動かし、女の子たちの車の前に向かい合わせで停める。互いのエンジンをブースターケーブルで繋ぎ、岡村の助言に従ってしばらく待った。

その間も、車の出入りはない。

大輔たちが来るまで三十分近く途方に暮れていたと言う彼女たちは、やはり大学生だ。

来年の卒業を前に免許を取り、長野市内から一泊旅行に来たと話す。

時間つぶしの雑談のあとで、大輔と田辺がそれぞれの車に乗り込み、エンジンは無事にかかった。

＊＊＊

田辺が選んだ宿は、創業百年に近い純日本建築の旅館だ。

源泉が引き込まれた内風呂《うちぶろ》のある離れに、本館。広い敷地に点在する建物は渡り廊下で結ばれ、大浴場がふたつと露天風呂がひとつ。

団体客で賑《にぎ》わうが、離れに泊まれば静かにしっぽりと楽しめる。

そう助言してきたのは、兄貴分の岩下だ。

温泉へ行こうとしていることは口にもしなかったし、態度に出たとも思えない。だから、大輔との温泉旅行にぴったりだとからかわれることもなかった。

つまり岩下は、愛する男嫁の佐和紀との温泉旅を自慢したかったのだ。田辺はもちろん、彼らのしっぽりとした夜を妄想した。

顔がきれいなだけで幼稚に毛が生えたようなチンピラも、いまや立派に若頭補佐の男嫁だ。いつ見ても和服を着ていて、身なりは数段にグレードアップした。女装をしなくても華やかで見栄えがする。

昔から付き合いのある田辺だが、佐和紀の中身には興味がない。いつだって、外見だけが興味本位な鑑賞の対象だ。だからこそ、温泉でしっぽり楽しんだと聞かされたなら、整った顔立ちが快楽に歪《ゆが》んでほどけていくのを想像してしまう。

だが、この頃は妄想も尻《しり》すぼまりだ。すぐに大輔とすり替わり、佐和紀が泣かされているように、腕に抱いた自分だけの相手に愛撫《あいぶ》を与えたくなる。

恥ずかしがりながら悶《もだ》え、最後には甘く喘《あえ》いでしがみついてくる大輔は、普段のキリッといかつい姿からは想像がつかない卑猥《ひわい》さだ。初めから、誰にも見せない、田辺だけの大輔だった。

別れ際に熱っぽい視線を送っていた女子大生たちも考えつかないだろう。初めこそ田辺に声をかけてきた彼女たちだったが、すぐに大輔へなつく素振りを見せた。より心根の正しい男へなびくのは、嗅覚《きゅうかく》のいい証拠だ。

幼さの残る顔をして、いまどきの学生はそつがない。

岡村への電話を離れの部屋で済ませた田辺は、広縁の柔らかな椅子《いす》からゆっくりと立ち上がった。

部屋は本間十五畳に次の間が十畳。そこかしこに宮大工の遊び心が詰まった趣のある古い建物だ。広い離れを歩き回る大輔は、田舎の家を探検する都会の子どもみたいに目を輝かせていた。素直で屈託がなくて、かわいい。

電話をするから先に露天風呂へ行くように勧めたのは、温泉をゆっくり楽しむ時間を持たせるための配慮だ。一緒に入ると、どうしたって近づいてしまう。いたずらしてからかって、いちゃつく真似事《まねごと》をしたい田辺の自己満足だ。

それはあとの楽しみに取っておき、ひとまずは日々の疲れを溶かして欲しい。そのために選んだ宿だった。

浴衣《ゆかた》に着替えて丹前を着込み、タオルと鍵《かぎ》を持つ。離れの外に出ると、夕暮れ間近の外気はひんやりと冷えていた。

十二月初旬にしては暖かい一日だったから、余計に寒く感じる。ぶるっと震えた田辺は、露天風呂へと足を向けた。渡り廊下の途中にはゆるやかに回る水車があり、庭の池を越えて進む。紅葉の名残が夕闇《ゆうやみ》に沈みゆき、しんみりとした風情がある。

一度、本館へ入り、露天風呂へ続くドアから出た。

階段を下りていくと、正面に、ベンチが置かれた休憩所が見え、田辺は足を止める。

コロコロと鈴を鳴らすような笑い声がして、風呂上がりの大輔が目に飛び込んできた。

笑っているのは、向かい側に立っている女の子だ。先ほど助けた大学生のふたりがいた。

浴衣に丹前を羽織り、片方は長い髪をまとめあげている。その後れ毛をあざといと思いながら、田辺は隠れるともなく、階段脇《わき》につけられた手すりへと身を寄せた。

彼女たちと向かい合う大輔もまんざらではないように見える。薄く浮かべた笑顔は感じがいい。

大輔と田辺は、お互いに同性愛的嗜好《しこう》はないまま、関係を結んだ。だから、大輔が女を抱きたくなっても不思議ではない。

そう考え始めた田辺は、すぐにうんざりと嫌な気分になる。

まるで冷静に観察できず、若い女の前に置けば、それなりに魅力的な大輔を見つめた。

外見こそ、いかつく不良っぽいが、内面はいつだって正義感溢《あふ》れる警察官だ。

仕事を遂行するためなら、自分の身が汚れても怯《ひる》まない強さもある。そして、その正義感に追い詰められて傷つく繊細さも持ち合わせていた。

男に生まれたから、男らしく生きる。口にすれば簡単なことだが、大輔は生真面目《きまじめ》すぎて、自分のことを考えているつもりで相手のすべてを背負ってしまう。

それが美しい愛にならないで、結婚生活は破綻した。田辺が願った通りの展開だ。傷ついた大輔は両手の中に転がり込んできて、もう離すつもりはない。

できることなら、仕事を奪って閉じ込めたいぐらいだ。

でも、できない。大輔が必死に背負う生きざまの中に、いまや自分も含まれているのではないかと期待しているから。

大輔を甘やかして守る自分自身が、まるっとそっくり大輔の正義感に抱き込まれて背負われている。そう思うことの甘さに勝てるものはなかった。

どんなに美しい女をモノにするより、男の田辺さえも背負っていこうとする大輔を見つめていたい。それが田辺の、ありのままの本心だ。

そして、できることなら抱き寄せて、キスをして、柔らかなシーツの上で、すべての重荷を取り去ってしまいたい。秘めておくべき恥ずかしい交わりが自分にだけ許されているなら、田辺はたまらないほどの幸福に浸れる。

女の子たちの相手をしていた大輔がなにげなく視線を巡らせ、ようやく田辺を見た。驚いたように眉を跳ねあげ、屈託なく手を挙げる。ちょいちょいと招き寄せられた。

「さっきの子たち。一緒の宿だったんだってさ」

「へー、そうなんだ」

答えた声にトゲが出てしまい、田辺は取り繕うように微笑んだ。

「たどり着けてよかったね」

優しさを装って声をかけると、ボブカットの女の子が身を乗り出した。

「さっきから名前を聞いてるのに、教えてくれないんですよ。意地悪じゃないですか」

ニコニコと楽しげな笑顔を見せているが、若い欲望は隠し切れていない。ここで再会できたことは運命だと言いたげに目を輝かせた。

「一緒に部屋食しましょ、ってお誘いしてたんですよー。離れなんですよね！　うらやましい～。いいですよね？　みんなで食べた方が楽しいし！　私、フロントでお願いしてきます」

ロングヘアの女の子が勢いよくまくし立て、田辺は苦笑いを大輔へ向けた。もしかしたら、それもいいと言い出すのではないかと危ぶむ。

しかし、大輔はにこりともしていなかった。

「いや、無理だ」

田辺の視線を無視して、大輔がはっきりと断った。

「若い女の子が、得体の知れない男の部屋に転がり込むものじゃない」

お堅いことを言われ、女の子の頬がヒクッと引きつる。若さが売りどきの女子大生だ。街では断られたことがないのだろう。

「えー、やだぁ。なに、されちゃうんだろぉー」

負けじと返した女の子の強さに、田辺は大輔を見守る。すると、大輔は不敵な笑みを浮かべた。

「俺が、この男にされるようなことかもな」

その言葉の意味を理解できず、女の子たちは揃《そろ》ってポカンとする。驚いたのは、田辺も同じだ。しかし、大輔はかまわずに続けた。

「子どもを相手に遊べるほど若くないんだよな。正直、こわい。この話はこれで。……風呂、戻ろ。湯冷めする。おまえも」

丹前を引っ張られ、田辺は踵《きびす》を返す。

その直前に、女の子たちをたしなめるように睨んだ。ヤクザらしい一睨みに、若いふたりはウサギのように素早く逃げ出した。やはり勘がいい。

「大輔さんのこと、ヤクザだと思ってそう」

行き着いた先の小屋で浴衣を脱ぎながら言うと、大輔は笑いながら帯を解く。

「変わらないいんじゃねぇの？　大差ない」

そう言って、先客のある露天風呂へ出ていってしまう。まだ一度も身体を温めていない田辺は寒さに震えながら浴衣を脱いだ。大急ぎで湯の中に入り、ドライブで固まっていた身体をぐいっと伸ばす。

大輔は遠くに陣取り、のんきに空を見上げている。その首筋に見惚《みと》れ、田辺は引き寄せられるように近づいた。

「彼女たちと遊びたかったんじゃない？」

ふざけながら確かめたのは、女に対する興味の有無だ。

大輔もふざけ半分で乗ってくると思ったが、振り向いた顔はぎょっとしていた。

想定外の反応に田辺も驚き、ふたりはしばらく見つめ合う。

「あんなガキをコマしてどうするんだ……」

大輔のつぶやきに耳を傾けた田辺はかすかに眉をひそめる。湯に浸《つ》かる客たちがかわす世間話が遠のいて聞こえた。

「じゃあ、熟女だったら」

口にした先から、締まらない質問だと思ったが、拗ねているように取られるのなら、それもかまわなかった。

「なんで、そうなるんだよ……」

大輔はそっぽを向き、重いため息をつく。言葉を選んでいる気配が続き、田辺は待った。しかし、大輔は、

「あとふたつ、風呂があるんだって。晩メシの前に制覇しようぜ」

まったく違うことを言い出して逃げる。

問い詰めるには人目があり、するりと逃げていく後ろ姿を見送った。引き締まった背中と臀部《でんぶ》が、肌から立ちのぼる湯気に包まれている。

色っぽさのかけらもないのに、ずんと下半身に響き、出るに出られない。ため息ひとつで、田辺は空を見上げた。藍色《あいいろ》の空に小さな星がまたたいている。

「あーやちゃーん。はやくぅー」

知ってか知らずか、タオルで身体を拭《ぬぐ》いながら顔を出した大輔が無邪気な声をあげた。露天風呂の入浴客の視線が一気に田辺へ集まり、バツの悪さで股間《こかん》が萎《な》える。

「……ふざけんな」

とつぶやいたのは周りに対するごまかしに過ぎない。友人をこき下ろす振りで、田辺はザバリと立ち上がった。


「コタツのある温泉宿って、憧《あこが》れだったんだよな〜」

残りの風呂を堪能《たんのう》した大輔は、本間に置かれたコタツにいそいそと足を入れる。

離れの天井は高く、広々とした部屋だ。日が落ちると、シンとした静けさが建物全体を包み、ひっそりと心が落ち着く。

大輔も、テレビをつける気にはならないようだった。

田辺が用意しておいた真新しいTシャツの上に浴衣と丹前を着て、薄いコタツ布団の端を引き上げる。

「全室禁煙だからね」

嫌がるかと思って宿入りするまで言わずにいたことを繰り返す。

大輔は文句を言わなかった。吸えないとわかれば我慢できる。張り込み中は、トイレにも行けないのが警察だ。

「寝る前に一服したくなるかもな。喫煙室ってさ、本館だった?」

「そうだよ。でも、寝る前は、無理かもね……」

含みを持たせて言ってみたが、

「すっげ寒いもんな。山の空気って感じ」

大輔は違うことを考えて答える。田辺は肩をすくめた。

それでも大輔の分も上着を用意してきた。薄手のダウンベストだ。一枚足せば、じゅうぶんに暖かい。

「そうじゃなくて……」

正面に座った田辺はコタツの中でそっと足を伸ばした。指先が大輔の膝に当たる。逃げようとしない大輔は視線をそらす。

「そーゆーこと……言うな」

するなと言わない。だから、田辺は調子に乗った。

許されるままに膝の内側をなぞり、奥へと足を忍ばせる。しかし、肝心なところへは触れずに引いた。

振り向いた大輔が不満げに目を据わらせる。

「もうすぐ食事の時間だね」

言い聞かせるように口にして、くるぶしで内ももをたどった。泉質のせいなのか、大輔の肌はすべすべとなめらかになっていた。気持ちのいい肌触りだ。

何度も行き来させていると、大輔がぶるっと震えた。

「勃ったら教えて。用意をしてもらってる間に、洗面所でするから」

「バカだろ……」

答える大輔の頬が赤く火照《ほて》り、いつもより感じやすくなっているのがわかる。理由を問いたくなる田辺は、いつも答えを求めていた。

野暮だとこらえても、抱き潰《つぶ》すときには尋ねてしまう。

快楽を得るためのその場しのぎだとしても、大輔から求められている確信が欲しい。

「……んっ」

大輔の身体がビクンと跳ね、ずるっと沈む。田辺の足は股の間に深く入り込み、柔らかな芯《しん》の感触がボクサーパンツ越しに感じられた。

ふたりの間の空気に色がつく寸前、玄関からノックの音が響いた。

「すみませーん。お食事のご用意よろしいですか」

予定の時間通りにやってきた仲居の声がかかる。

「はい、どうぞ!」

田辺はすかさず答えた。しかし、

「どうぞじゃねぇぞ」

顔を真っ赤にした大輔が目を据わらせた。

「あら、だいじょうぶですか？　湯あたりしましたか？」

配膳《はいぜん》の箱を用いて食事の準備を始めた仲居が目を丸くする。若い女性だ。コタツのテーブルの上を片付け、敷き紙や箸《はし》を並べる。

「平気ですよ。俺が恥ずかしがらせただけなので……」

田辺はわざと爽やかに微笑む。仲居のくちびるがポカンと開き、大輔が小さく唸《うな》った。

「バカだろ、おまえは。バカ……。真剣に聞かないでください。こいつ、詐欺師ですから」

「そうなんですか」

ビジネスライクに切り返した仲居は、ふたりをサッと見比べる。

「仲が良いんですね」

頬をほころばせて微笑んだ。

「それ、どういう意味？」

大輔がとっさに問い返し、田辺は苦笑いでたしなめた。

「大輔さん。聞かない」

「いや、普通は聞くだろ。普通は」

「野暮だよ」

「おまえが言うか！　おまえが！」

ムキになった大輔が声を張りあげ、仲居をさらに笑わせる。

「こちら、本日のメニューです。お飲み物はどうなさいますか？」

ニコニコした表情で手書き文字のおしながきが配られる。飲み物のメニューは別にあったが、大輔は見もせずに生ビールを選んだ。それに合わせ、田辺もひとまずはビールを選ぶ。

しばらくブックサ言っていた大輔だが、食事が並ぶ頃にはまた上機嫌になった。


食事が終わってしばらくすると、ほろ酔いの大輔は「もうひとっ風呂浴びてくる」と立ち上がった。タオルと煙草《たばこ》を手に取る。

「大輔さん、酒も入ってるから、長湯しすぎないようにね」

ビールを飲み終えたあと、地酒の飲み比べセットを頼んだ。

「だいじょうぶ、だいじょうぶ。帰りに一本吸ってくる」

上機嫌に笑い、ひらひらと手を振って出ていく。

ひとりで行かせたが、女に捕まる心配はもうなかった。はっきりと拒絶した横顔を思い出し、田辺は小さく息をつく。

携帯電話を引き寄せ、メールを確認する。仕事の連絡はない。

昼間、岡村に電話をかけたついでに、さりげなく岩下夫妻の動向も探っておいたから、うっかり行き合わせる心配もない。

部屋はしんと静まり、じきに布団係の男性がやってきた。

田辺はコタツから出て広縁の椅子へと場所を移す。暖房の効いた本間以外は、足元から冷気が上がってきて寒い。

手際よく布団が用意されるのを眺めながら、田辺はこのあとのことをぼんやりと考えた。

大輔もそのつもりでいるだろう。

セックスすることをわかっていて、旅行に誘ったはずだ。

でも、もしかしたら、と田辺は思う。

しないことが、愛情の証になるかもしれない。

欲しいのは身体だけではないと理解させるきっかけにしたいと思いながら、脳裏で渦を巻く卑猥な妄想も止めきれなかった。

深刻そのものの、重いため息をつく。

その間に布団の準備が終わり、一礼した男性従業員が出ていった。

椅子から立った田辺は、自分のボストンバッグを探った。

コンドーム一箱と、使い切りタイプのローションを取り出し、しゃがみ込んだ姿勢で布団を見つめる。

やるのなら、布団の裏にでも隠しておいた方がいい。しかし、下心のない振りをするなら、このままバッグの奥へ片付けておくべきだ。

「念のため……」

とつぶやきながらも田辺は迷った。

大輔の気持ちがまるで想像できず、のんきに温泉でゆだっているのなら、そのまま眠らせてやりたい気持ちもあった。散々、奪ってきたのだから、少しぐらいは我慢できる。

夜の行為はなくても、朝、ほんの少し早起きをすれば、抱き合うことぐらいはできるだろう。

考えあぐねて立ち上がり、部屋の風呂からバスタオルを取ってきて枕元《まくらもと》に投げる。コンドームとローションを布団の下に突っ込んだ。

そのまま煙草を掴んで鍵を持ち、外へ出る。

本館の中にある喫煙室へ向かったが、大輔はまだいなかった。ガラス張りの小部屋はソファセットがふたつ入っていて、広々とした応接室の雰囲気だ。

すでに先客が三人いる。しかし、空気清浄機の性能がよく、煙は少なかった。

適当な席に座り、煙草を取り出して火をつける。ガラスの向こうに大輔が現れ、肩をすくめながら入ってきた。

「ライター、忘れた」

「どうぞ」

くわえ煙草でライターをつけ、隣に座った大輔に火を貸す。

「禁煙しないとなぁ、って思うけど」

煙を吐き出した大輔が顔を歪める。

「吸えないと思うと、欲しくなるよな。おまえは、禁煙しないの？　まぁ、嫌味を言ってくる事務職もいないか」

「俺はいつでもやめられる」

「……嘘《うそ》だろ。みんな、そう言うんだよ」

肩を揺らして笑った大輔は、膝に身体を預けて前のめりになる。ぼんやりとした目で正面を向いた。

さっぱりとした襟足と、肌に張りのある逞《たくま》しいうなじ。

どこを切り取っても、大輔は凜々《りり》しい男性そのものだ。煙草を吸う仕草もどこか雑で、仕事に追われる日常が垣間《かいま》見える。

すべてを見透かすように眺めながら、田辺は静かに煙を吸い込んだ。

じわじわと込み上げてくる欲情は甘く、心の奥が痺れていくようだ。押せば、簡単に抱ける。

欲望で逃げ道を塞《ふさ》いで、快感を言い訳にしてしまえば、いつものふたりだ。ごく当然のように、セックスは介在している。

「内風呂って、朝晩で男女入れ替わりだっただろ？　明日、早起きして、最後のひとつに入らないとな」

大輔が振り向き、動きを止めた。ハッとしたときには遅く、見つめるだけで欲情していたことがバレてしまう。

田辺は焦らなかった。大輔を見つめて、静かに答える。

「そうだね。朝食はレストランだから、食べたあとに、締めの露天風呂もいいかも」

人が消えていき、ふたりだけが残される。

「……戻るか」

大輔が短くなった煙草を揉《も》み消して立ち上がった。

「見えるところに痕《あと》をつけんなよ」

去り際の一言に、田辺は煙草を取り落としかける。あきらめようとしていた願望が一気に溢れ返り、冷静を装って揉み消す煙草で指先を焼きかけた。

それでも、なにくわぬ顔で大輔を追いかける。渡り廊下の途中で立ち止まっているのが見えた。

怒ったように見えるのが、いつもの大輔だ。目つきが悪い。

「寒いけど、雰囲気があっていいよな」

釣灯籠《つりどうろう》の明かりに浮かんだ冬枯れの庭を眺め、顔を歪めるように苦笑する。その意味を田辺は問わない。

大輔がまた先に歩き出し、背中を見つめながら、少し遅れて追う。

誘われていると、思った。

ぎこちなく、さりげなく、大輔も間合いを計っている。

田辺は、伊豆の岩場を思い出した。足を滑らせたら海に落ちそうな場所で、ひょいひょい下りていく田辺を危ぶんだのは大輔だ。

そういう性分なのだろう。他人の危険に敏感で、放っておけなくて声をかける。

警察官は天職だ。田辺が詐欺師でいるよりもずっと、大輔が警官でいることの方が正しい。

離れのドアの前で待つ大輔に追いつき、田辺がドアを開ける。鍵はひとつしかない。

大輔を先に中へ入れて、施錠した。

セックスがしたいなら、旅行に誘ったりしなくてもいい。ホテルでも、田辺の部屋でも、するに困ることはなかった。

しかし、ふたりはまた旅に出ている。

たった一泊二日だ。観光はろくにせず、移動のドライブと温泉に時間を費やしている。

まるで慰安旅行だ。特別に思うことの方がどうにかしている。

「大輔さん」

さっさと入っていく大輔を次の間で捕まえた。襖《ふすま》を開けようとしたままの首筋を腕で抱き寄せ、指先で振り向かせる。

くちびるを重ねると、大輔は黙って目を閉じた。

特別じゃないものが、特別になってしまう。そんなことを、もう何度も経験した。

趣味でもない男を抱き、同じ舎弟分の岡村にできることなら自分にもできると、岩下に認めてもらいたかっただけだ。それも、いまはどうでもいい。

腕の中にいる大輔が男らしくあればあるほどに、逃がしたくなくて、捕まえていたくて、胸の奥が痛くなる。

優しく柔らかく、何度もくちびるをついばみ、這《は》い出してくる舌先にもキスをする。

大輔は知らないだろう。田辺が優しいのは、彼を想うときに胸が痛むからだ。愛情の前に後悔があり、後悔を凌駕《りょうが》する欲望がある。

触れただけで膿《う》んでいきそうな生々しさがあるから、そっと触れる。自分を痛めつけないためだ。すべては田辺の自己満足の上にあり、大輔には我慢を強いている。

本当に想うのなら、手を引くべきだ。

女を愛せる大輔を惑わすような関係は間違っている。

「……っ」

震えた大輔の手が田辺の丹前を摑んだ。酔いの抜けた目に見つめられると、田辺の腰は熱を帯びて痺れる。じんわりとした欲求が吹き溜《だ》まり、胸の内がきゅっと痛んだ。

伊豆旅行の夜を思い出そうとした瞬間、大輔の指に頰をなぞられた。

「ちゃんとしたヤツ、しろよ」

焦《じ》らすなと言わんばかりに睨まれ、かぶりつくようにくちびるが押し当てられる。とっさに両手で抱き止め、舌先を返した。

「んっ……っ」

ぬるりと触れ合う舌先の感触に、大輔が震えながら身を引く。田辺は首の裏を手で押さえた。引き寄せて逃がさない。

どんなに惑い迷っても、田辺は善良になれなかった。

理性では大輔を苦しめるだけだとわかっている。いまはよくてもいつかきっと、お互いのことを真面目に考えるようになってしまう。

そういう人だ。いい加減にしてみせても、人生に真剣で、世間に対して責任を背負っている。犯罪に手を染める男との恋愛なんて、考えたこともなかっただろう。

それなのに、いまは、男の舌先に口腔《こうこう》内をまさぐられている。喘ぐのをこらえて顔をそらす大輔の舌を、田辺はゆっくりと追いかけた。

「だめ……」

と、ささやきながら、逃がさずに舌を吸い上げる。足を踏み出すと、大輔の股間に触れる。ごりっと硬いものがあり、興奮がわかった。

「無理はさせないから、……安心して、抱かれて」

露天風呂でほかほかに温まっている身体を抱き寄せ直して、布団の敷かれた本間に連れ込んだ。


大輔の肌は、たっぷりと温泉を吸い込んで、しっとりとなめらかだった。

バスタオルをかけた敷き布団の上で、横向けに転がった背中にくちびるを押し当てる。頬をすり寄せ、肌の感触を楽しむようにすべらせた。

大輔はくすぐったがるように身をよじり、肩をすくめて逃げる。しかし、嫌がっているわけではなかった。

「はっ……ぁ」

小さな息づかいが火照り、温泉で温められた身体は内側から熱を発している。田辺はそれを、指先でも感じた。

すでに大輔のスリットの奥へ忍び込んでいる指だ。ローションを塗り込められて熱く潤んだ柔肉は、動かすたびにグチュグチュと濡《ぬ》れた音を響かせる。

卑猥さが引き立つほどに、部屋の中は静かだ。明かりを消すのも忘れていたし、テレビをつけようとも思わなかった。

大輔の息づかいと身体の反応に気を取られ、他のことは雑事に過ぎない。

「ここの温泉、すごいね。肌がすべすべになってる」

言いながら眼鏡をはずした田辺はまた頰をすり寄せ、うなじまで撫《な》であげて口づける。軽く吸いつくと、大輔が息を詰めた。

後ろがきゅっとすぼまって、差し入っている指を食《は》む。柔らかな肉を押しのけるようにして、田辺は二本の指をゆっくりと開いて引いた。

それから、指同士を絡め、尖《とが》らせた節の部分で浅い場所をこすって刺激する。

「んっ、ふ……」

あらぬ場所を探られる大輔の気持ちを、ほんの少しだけ考えた。

こんな場所を性感帯にされて、恨んでいるだろう。何度も快感を教え込み、後ろでイく気持ちよさを覚えさせた。女とのセックスに勝る快感があるとしたら、ここで感じること以外にないからだ。

罪悪感に胸の奥が痛み、傷はまた焼けつくようにひりつく。

大輔に『才能』があったわけではない。色事師だった岩下直伝の手管が、効果てきめんに利いただけだ。

刑事だったのが運の尽き。不幸な生贄《いけにえ》だ。

利用し尽くした後は免職に追い込まれ、不特定多数を相手にする男娼《だんしょう》に落とされるかもしれなかった。

そうならなかったのは、田辺が細やかに守り続けてきたからだ。ほんの些細《ささい》な一言を選び間違えれば、互いが破滅するような場面も、田辺はひとりだけでかわし、大輔の盾になって乗り越えてきた。

金を巻き上げられて資金が割れ込み、大ケガで入院したこともある。

それでも、大輔を手放す気はなかった。

初めて手に入れたオモチャに固執する子どものようだと岩下から揶揄《やゆ》され、岡村には、愛情ではなく執着だと諭された。

すべてが真実で、すべてが正しい。

だからこそ、田辺はあえて間違える。

どうだっていい。どうだってよかった。

自分の身体の下で悶えながら、ちぎれていく男らしさを握り込んだ拳を振るわせる大輔が、けなげでかわいそうで、たまらなかっただけだ。

指の抜き差しを繰り返し、田辺は幾度となく大輔の首筋に吸いつく。明日の朝には消えてなくなる、はかない痕を残すたび、大輔の後ろは、ねだるような収縮を繰り返す。

指をギュッと握られ、飲み込まれていくようだ。昂《たか》ぶりを差し入れる瞬間を想像した田辺の股間はズクンと跳ねた。

「大輔さん……。指、気持ちいい？」

内壁を軽く揺すって、ささやきかける。

「はっ……ぁ。はっ……」

喘ぐのをこらえている大輔は、浅い呼吸を繰り返した。

「いやらしい声、もっと聞かせて。表には人が通らないし、大丈夫だ。そうじゃないと……」

指をずるりと引き、抜ける寸前で止める。大輔がパッと振り向き、身体がよじれて指が離れた。そのまま仰向けになった大輔の手が伸びてきて、田辺の耳を引っ張る。

くちびるが重なり、しっとりと濡れた大輔の目は不満げに細くなった。

田辺の心をそうと知らずに掻《か》きむしり、次の行動を待っている。

「意地悪だった？」

「別に」

ぶっきらぼうな声には、田辺にだけわかる欲望が兆している。大輔は口にしないけれど、理解できる。

だからこそ、田辺は自分から動いた。

「大輔さんの舌で、濡らして欲しいな」

そう言いながらあぐらをかき、大輔の頭を引き寄せる。

自分で竿《さお》の根元を摑み、伸び上がっている先端を下げた。大輔のくちびるに近づけて、乱暴にならないように促す。

迎え入れるようにほんの少しだけ開いたくちびるに、田辺の心は激しく動揺してしまう。

フェラチオをさせるのも初めてではない。なのに、いつだって、胸が騒ぐ。

「やらし……。これだけで、イケそう」

ズクッと脈打った昂ぶりが容積を増し、田辺は眉をひそめた。

「はやっ……」

かすかに笑った大輔は目を伏せる。

田辺を迎え入れたくちびるが、ぴったりと肉に寄り添う。先端が呑まれ、唾液《だえき》の熱さがまとわりつく。

大輔が自分から積極的に動くことはめったにない。

あくまでも、田辺が強要するから従うだけのフェラチオだ。そういう建前は消え去らず、ねだる田辺の中に、男の自尊心を傷つける喜びもいまは存在しない。

なのに、大輔の口の中を性器で犯す行為は、後ろ暗く淀《よど》んだ興奮を田辺の心にもたらす。

したくもないことをさせて申し訳ないと自嘲《じちょう》しながらも、モノを口いっぱいに頬張る姿に快感が募っていく。

こんなことを、大輔は他の誰にもしない。させられそうになれば力ずくで抵抗できる。田辺のことだって、投げ飛ばしてしまえる男だ。

なのに、膝の間に横たわり、目を伏せている。

田辺がゆるやかに揺れると、大輔の手が昂ぶりを支えた。唾液を飲み込む瞬間に舌がうごめき、先端を刺激された田辺は息を呑んだ。

「んっ……。大輔さん、もっと舌、動かして。すごく気持ちがいい」

お願いすると、大輔は素直に応《こた》えた。同じ男同士だから、勘所はわかっている。舌はゆっくりとなめらかに動き、繊細な田辺の先端を包むようにうごめく。

風俗通いで、知識だけは大輔の身に染みている。わかるたび、田辺の胸の奥はチリチリと焦げる。

相手は商売女だ。嫉妬しても仕方ない過去でもある。友人たちとの付き合いで、飲み会の締めに行く、体育会系のノリにときどきある夜遊びの一環だ。理解できても、苛立ちを覚えた。

「俺がしてあげるときみたいにしてよ。裏のところ、もっといやらしく、舌でベロベロ舐《な》めて」

「……っ」

いきなりの言葉責めに、大輔が眉をひそめる。田辺はかまわず、大輔の下腹へ手を伸ばした。大輔のモノを摑み、手のひらに先端を押しつける。

「あっ……ふ」

喘いだ瞬間、くちびるからつるんと田辺が飛び出し、大輔はとっさに手で押さえた。そのまま裏筋の根元を吸われ、根元から舐めあげられる。

舌が這う感触に、ぎゅっと硬くなる性器の先端を、大輔の肉厚な手のひらが包んだ。舌と手で、大輔と田辺は、それぞれを愛撫する。言葉もないままに息を乱し合い、ときどき視線を絡め合う。大輔は不安そうだった。言われるがままにフェラチオをしながら、どこか遠慮を持って田辺を見てくる。

「きもちいい……。早く、入りたい」

なにげなく田辺が言うと、大輔の視線が和らいだ。じわっと潤んだ瞳はいつになく性的で、田辺を悩ましい気持ちにさせる。

「……入れて、欲しい？」

口にすると、胸が震えた。もっと強引にいかなければ、どうでもいいとかわされそうだ。しかし、腰を引こうとする田辺を見上げた大輔は、先端を口にくわえたままで小さくうなずいた。ぼんやりとした瞳に願望があり、隠そうとしないで田辺を求めている。

「大輔さん……」

胸を詰まらせながら名前を呼ぶと、声がかすれる。

手のひらの中で、大輔のモノが跳ねた。身体中の血液を集めて、欲望がぎゅっと膨らんでいく。田辺は今度こそ腰を引き、大輔のくちびるから自分のモノを遠ざけた。

枕元に投げ出されたコンドームの箱を引き寄せる。大輔の手も伸びてきて、ひとつ取られた。

「待って……俺がつけるから」

田辺が言うと、大輔はのろのろと起き上がる。

「おまえ、入れるから濡らせって言っただろ」

むすっとした声で言われる。田辺は肩をすくめた。コンドームのフタを剝《は》がして、ペラペラに薄いゴムを取り出す。

「でも、ナマではできないだろ」

スムーズに装着を済ませて、大輔に近づく。恋人のように、チュッと甘いキスをすると、大輔の身体が傾いだ。背中を支えて横たわらせ、足の間に入り込む。

田辺は額《ぬか》ずき、顔を伏せた。すでに反り返っている大輔のモノを捕まえ、裏側に舌を這わせて舐めあげる。繊細に震えるのがいじらしくて、先端の段差をキスで埋めた。

「一緒にイキたいから、我慢して？」

先走りが溢れてくる鈴口にくちびるを押し当て、舌でちろちろと舐める。独特に甘い体液を自分の唾液と混ぜて、大輔の性器全体にまぶしていく。

それから、後ろへ指をあてがった。指はつるんと入り込む。

「……っ、ん……っ」

恥ずかしがるような息づかいが聞こえ、田辺はうっとりと目を細めた。

ようやく入れる。ようやく繋がれる。

心の中で繰り返しながら、あらぬ場所に太竿を刺される大輔のため、性器に舌を這わせる。たっぷりと舐め、くちびるに含む。

興奮を募らせた大輔の呼吸は、隠していても乱れる一方だ。

「……っ。あっ、あっ……っ」

開いた膝がゆっくりと引き上がり、足の指先がバスタオルに這う。

田辺は、ふたりの関係の長さを実感した。そうすることで気持ちよくなれると、大輔の身体はもう知っている。

腰が引き上がり、片手にコンドームを持った田辺は、大輔に差し込んだ指を増やす。

大胆に抜き差しを繰り返し、顔も激しく上下に動かして両方を刺激する。

「あっ……。無理、むり……っ。出るっ」

訴えながら髪を乱され、田辺は動きを止めた。くちびるを離して指を抜き、パンパンに膨れ上がった大輔にゴムをかぶせる。

「入れるから、待って」

身体を起こし、膝の裏を押しながら大輔に覆いかぶさった。

逃げていた視線が田辺を見る。ほんの一瞬、大輔は驚いた顔をした。

「どうしたの」

「……明るい……っ。バッ、カ……。電気、消せよ」

「いまさら」

「いまさらじゃない。……それでもいいからッ」

大輔は焦ったように足をばたつかせた。押さえつけているには限界がある。

「だめ、もう待てない」

田辺は短く言い捨て、先端を押し当てた。大輔の足を身体で押し開き、ゆっくりと沈み込んでいく。

「あっ……」

叫んだ大輔はくちびるを噛んだ。差し込まれる快感からは逃げられず、両腕で目元を隠し、のけぞるようにあごをそらす。

時間をかけてほぐしたつもりだったが、一息に貫けるほど柔らかくはない。それでも、身体は要領を覚えているもので、浅い場所を抜き差しすると、繋がることを思い出したようにぬかるんでいく。

「大輔さんのここ、俺を欲しがってるね。中がうねって、すごい……」

薄いゴム越しに大輔の熱さを感じ、田辺は熱っぽく息を吐いた。柔らかな肉にみっしりと包まれ、少し腰を動かしただけで、全体が揉みくちゃにされる。

とてもソフトな刺激だった。痛みはまるでない。膣《ちつ》の締めつけとは種類が違っていた。

「大輔さん」

呼びかけながら腰を使う。せっかく明るいところで繋がったのだ。その瞬間の顔が見たかったが、無理強いはしない。

田辺は、両手を大輔の腰にあてた。鍛えられた身体は引き締まり、腰骨のあたりも格好が良い。

「んっ……、んっ。はっ……ぁ」

田辺の動きに翻弄《ほんろう》される大輔は、控えめな喘ぎを漏らす。高い天井の和室に、互いの淫らな息づかいが満ちて、渦を作る。その中心で、田辺は大輔を見下ろした。

汗ばんでいく肌を手のひらで押すようになぞりあげ、胸に指を這わせる。かすかな尖りを指で摘まむと、大輔の背中が大きく反り返った。

「ふっ……」

ぎゅうぎゅうと息をするように締めつけられ、田辺は動きを止める。想像以上の反応に、くちびるの端が上がってしまう。

「乳首、きもちいい？」

指の腹で円を描くように、尖りを撫でる。するとまた、大輔の腰が揺れた。

「やらしいね。腰が動いてる」

「ちがっ……あっ、ぁ……っ」

身をよじらせながら、大輔はようやく顔から腕を離した。睨むように見つめられる。

「そこ、すんな……」

「どこ？」

きゅっと突起をひねり、こりこりと揉みしだく。

「あ……っ、あぁ」

恥ずかしがっても、快感に弱い大輔は素直だ。くちびるをきゅっと噛みしめて、そっぽを向く。

「しない方がいいの？　気持ちよさそうなのに」

「んっ、ん……ぁ」

大輔の吐息が甘くとろけ、乳首に刺激を与えながら田辺は腰を揺らす。

「俺はしたいな。大輔さん。あんたが気持ちよさそうな声を出すから、もっとここをいじめたい……」

身を屈《かが》め、右の乳首に吸いつく。それと同時に深く突き上げた。

「あぁっ……」

　大輔の声が上擦って響き、田辺は動きを止めずに腰を振り続ける。右の乳首を舐めしゃぶり、左側は指でしごく。その合間に、大輔の手で自分の膝を抱えさせた。

　足が大きく開かれ、田辺は手をふたりの間に入れた。自分の股間をしごくときのように、大輔の昂ぶりを握りしめる。手筒を前後に激しく動かすと、大輔の腹筋が脈を打つように引きつった。

「あ、あっ……。ちょっ……っ」

　待ってと続けて言えず、大輔はくちびるを噛む。

　息づかいが乱れ、卑猥な熱がまた広がる。

　込み上げる欲求に抗《あらが》う大輔を盗み見た田辺は胸に顔を預けた。そうしていないと、両手を使えない。

「あや……っ、あ、あ……っ」

　田辺の腰の動きで声が刻まれ、大輔の息が引きつる。

「イキそう？　イク？」

　胸から顔を上げて聞くと、激しい呼吸を繰り返す大輔が顔を隠そうとしながらうなずいた。

「イク……ッ、イキ、た……っ」

せっぱつまった声だ。引き締まった腰が小刻みに震え、手の中に握ったそれも跳ね回る。田辺は身体を起こし、まとわりつく前髪を払おうと首を振った。しかし、髪は濡れた肌に貼《は》りついている。

両手でかきあげ、深く息を吸い込む。

「自分のタイミングでイッていいよ。俺もちゃんとついていくから」

大輔の両足を抱き寄せ、腰をわずかに持ち上げた。あからさまな抜き差しを繰り返すと、ローションがかき混ぜられて水音が立つ。

大輔は自分のくちびるに手の甲を押し当て、片手を股間に伸ばした。

明るいところで見ると、いっそう卑猥ないやらしさだ。

男を抱いている実感が、大輔と繋がる快感と交錯して、田辺の腰はもう止められなかった。大輔をなかば膝の上に抱き上げるようにして、背筋を伸ばした。腰を激しく前後に振り立てる。

「あっ、あっ……んっ……はぁ……ッ」

息を乱し、絶え間なく股間をしごいている大輔は、もう片方の手で自分の顔を隠してしまう。あごを何度もそらし、そのたびに首を振りながら引き戻す。はぁはぁと乱れた息づかいの合間に甘い声が漏れ聞こえた。

快楽に流されている大輔のあられもない姿に、田辺は息を弾ませた。宙を見据える。

先に達してしまったらシャレにならない。しかし、限界は近かった。

額から汗がしたたり、田辺は目元を歪める。くちびるを引き結んで、射精をこらえた。

快感はひっきりなしに募り、絶頂の縁に立たされる。大輔に視線を向けると、心臓が跳ねた。予想外に見つめられていたからだ。

視線が合うと、きゅっと締めつけがきつくなる。

「んっ……、大輔、さんっ」

「エロい顔して、腰振んな……っ」

文句をつけているのに、見つめてくる表情には泣きが入っている。せつなげに目を細め、大輔はあごを引いた。

その間も、大輔の腰は揺らめき、肉がキュウキュウと田辺を絞る。

「もうイキそ……っ」

田辺は素直に申告した。このまま、見つめ合って果てたい。

大輔でイクところを見られたかった。

「イッていい？　あんたでイクとこ、見てて……」

乱れる息の合間に告げて、肩に乗っている大輔の足にキスをする。

答えを待たず、田辺は流し目を向けた。大輔の反応は顕著だ。田辺を包む柔肉がまた狭くなり、出入り口のすぼまりがきつくなる。

もう我慢できず、田辺は強く腰を打ちつけた。激しいリズムで最後のスパートをかける。快感が急激に積み上がり、息が乱れ、欲望を滾《たぎ》らせて汗が流れた。

「……イ、くっ」

腰がぶるっと大きく震え、眉根を引き絞る。大輔を見据え、絶頂からダイブした。我慢から解放された熱は、腰の内側で膨れ上がる。そして、出口を求めて勢いよく飛び出していく。

狭い道を押し広げられる苦痛と圧倒的な解放感。そして、ほぼ同時に果てた大輔の、なまめかしい腰の動きに愛撫される。

「ん、あや……ぁ、んっ……」

田辺を見上げ、名前を呼びながら果てた大輔は、いましがたまでしごき立てていた自分自身を握りしめ、放心したように息を乱す。

ふたりの視線はゆるく絡んだままだった。ダイブした先の快感があまりに深くて交わす言葉もない。

一気に走り抜けて弾む息づかいが支配する空間で、田辺は、拘束していた大輔の足を下ろして開く。

「……悦《よ》かった？」

汗を拭いながら上半身を近づける。田辺の問いに答えはない。

ようやく呼吸が整い出した大輔は、まつ毛を震わせるばかりだ。明るい部屋で抱かれているることはもう気にならないのだろう。両腕が布団の上に投げ出されている。

胸が大きく上下して、舌先がくちびるを舐めようとチラチラうごめいていた。

「俺は、すごく悦かった……」

田辺は目を細めた。愛《いと》しさが溢れ、大輔の頬に手を伸ばす。

触れる前に捕まえられて、指が絡む。大輔の目もふっと細くなり、歪んでいく。出したばかりの田辺はもう充塡《じゅうてん》の兆しだ。

「ごめん。もう一回……させて」

指先にキスをして、大輔に懇願した。

＊＊＊

コンドームを取り替えた田辺に一度目よりも深く差し込まれ、大輔は枕にしがみついた。

うつ伏せになって上げた腰を摑まれ、力強く引き寄せられる。

ずっくりと差し込まれたものが内臓を貫き、苦しいと思うのに、内壁を押し広げられてこすられる快感もあった。

「あっ……んっ」

低く沈んだ自分の声に、快感を滲ませた甘だるい響きが混じり、大輔は羞恥《しゅうち》に震える。

いつだって、恥ずかしい。こんな明るいところで抱かれたら、なおさらだ。

バックスタイルなら恥ずかしさが半減すると考えたのは浅はかだった。

今夜の田辺は、優しいのに激しい。突き上げの一回一回が濃厚で、大輔の理性はギリギリのところで危うく繋がっていた。

「大輔さん、やらしいね。こんなにいっぱいくわえ込んで……。すごく広がってる」

甘い声で繰り広げられる実況は、田辺のような優男が口にしていると思うと、いっそう猥褻《わいせつ》だ。

ふたりの結合部分をばっちり見ている田辺の指に、突き出した尻を揉まれ、深々と刺さっていた杭《くい》が引き抜かれる。ずるずると動く刺激に、大輔は息を詰めた。

ゆっくりなのが、いやらしい。思わず絵を想像してしまい、奥歯を嚙んだ。腰がじわりと熱を帯び、たまらずに揺れてしまう。

すると、田辺の先端が内部を打つ。

「はっ……ぁ」

新しい快感がジュワッと弾《はじ》け、大輔は、やっぱり明かりを消すべきだったと後悔する。

どうしても腰が揺れてしまうのを止められない。

尻を揉まれると内壁に振動が伝わり、田辺の杭と始終こすれ合うからだ。

「う……ふっ……ッ」

じわじわともどかしい快感に苛《さいな》まれ、出したくなる声を飲み込む。

田辺が動くたび、せつないほどにじんじんと痺れが走り、大輔はなんとか悦を感じないようにやり過ごそうと試みる。しかし、無駄だ。

背後でふっと柔らかな息づかいが聞こえ、大輔の感じ方を知り尽くしている田辺がゆっくりと腰を回し始める。

「あっ、あっ……」

いやらしい腰つきで突き回されて、大輔の息づかいは一気に乱れた。声が漏れてしまうどころか、腰がひくひくと前後に揺れてしまう。

「大輔さん……、すごい腰の動き……。上手だ」

思わず褒められて、背筋にビリッと電流が走った。のけぞった肌に汗が噴き出し、恥ずかしさよりも興奮が勝る。

「もっと振って……。すごく気持ちいいから」

そう言って、田辺もまたいやらしく腰を使う。互いのリズムが、ときに乱れ、ときに合致して、大輔は見られているのも忘れて快感を貪《むさぼ》った。

頭の芯まで熱に浮かされてしまうのは、田辺が甘く優しく褒めてくるからだ。

「いいよ、上手だ。すごく、いやらしい」

酒を飲んでいたって恥ずかしくてたまらないセリフが、繋がっているときにはこの上なく大輔を満たす。

「あっ、あっ……はぅ……っ」

望まれるままに自分から腰を振ると、ダイレクトに気持ちがよくて必死になってしまう。今日は特に、イイ場所によく当たる日だ。

没頭した大輔は額を枕に押し当てた。ゆっくりと抜き差しする田辺が引いたときに押しつけ、入ってくるときにゆっくりと回す。

「あぁ、ほんと……やらしい」

感じ入った田辺の声を背中に受け、顔を見られなくてよかったと大輔は思う。こんなふうに貪る姿を観察されるのは、まだ恥ずかしい。

「大輔さん、腕、貸して」

言われながら右腕を後ろに引かれる。

結合の体勢が変わり、いままでとは違う場所に刺激が走る。

「あ、あっ……」

二度目は中がほぐれて感じやすい。アナルセックスがそういうものであるかどうかは知らなかった。

他人のことはわからないし、調べようと思ったこともあるが、解説や映像を見るのが恐ろしくてやめた。

ただひとつ。田辺の兄貴分である岩下が出演しているという古いアダルトビデオは見た。ゲイビデオではなく、人妻相手のアナル開発ものだったからだ。

田辺には話していない。話す必要もないと思う。どんな男の下で一人前になったのか、映像を見れば想像できてしまうからだ。

本当だとも嘘だとも聞きたくない。

ビデオに出ていた人妻はしっかり調教され、えげつない映像なのに大輔は興奮してしまった。田辺も色事師の手管を受け継いでいるのだろう。岩下の舎弟分はみんな、一通りの試験をされていると聞く。

きっと、男も抱かされてきただろう。

「うっ……んん。んっ……ッ」

ずんずんとリズミカルに穿《うが》たれ、もう片方の手も引き上げられる。両手を羽のように伸ばした格好になり、自分の身体を支えるモノがなくなる。

「あっ、あっ……はっ……ぁ」

「ほら、大輔さん」

不安定な格好はすぐに終わり、胸に田辺の腕が回る。上半身を抱き起こされた。繋がったまま、互いが膝立ちになり、大輔は腰を後ろに突き出した格好になる。

「こっち……」

耳元をくすぐるような田辺の声がして、摑まれた手に指が絡む。ふたりで一緒に大輔の胸を抱く体勢になり、妙な気恥ずかしさで大輔は戸惑った。

肌が熱くなり、拒もうとした瞬間に耳朶《じだ》を嚙まれる。

「んっ……っ」

柔らかな甘嚙みにとろけた身体はしっかりと抱かれ、大輔は自分の指が胸の突起をかすめる刺激に震えた。

見透かしている田辺の腰が動き、新しい快感が大輔を捕らえる。

「さっきの動き、して……？」

田辺の声は甘い。耳から溶けて流れ込み、大輔はぼうっとしてしまう。どうしようもない快楽に飲まれ、指と指の間を広げて差し合わさった田辺の手指を握る。

「んっ……はぅ……ッ」

自分の動きがどれほど恥ずかしい行為か、大輔にはよくわかる。

こういうのも、アダルトビデオで見た。ラブラブなカップル設定のものだ。女の動きが大げさなほど、男は嬉しい。それも知っている。自分だってそうだ。

しかし、してみせる日が来るとは思わなかった。

「あっ……ぅ……ん、ん……」

身体の中で存在感を知らしめてくる田辺に対し、押しつけるように腰を回す。ゆっくりと大きく、そして、ときどきは前後に振って、そして……。

「大輔さん……。腰がヒクヒクしてるね。自分でこすりつけるの、気持ちいい？」

わざと苛《いじ》めてくる声に、くちびるを嚙む。止めるという選択肢はなく、大輔はのけぞって喘いだ。

田辺の言う通りだ。

腰はおのずから揺れ、ヒクヒクと痙攣《けいれん》のような動きを見せる。田辺を味わう大輔の身体は熱く火照り、頭の芯まで快感に犯されていく。

甘くけだるげな自分の声を聞き、大輔は目をぎゅっと閉じる。

身体の内側から淫らな快感が溢れ、田辺のくちびるが頰に押し当たるのも、汗ばんだ肌が重なるのも嬉しかった。

「上手だよ。すごく気持ちいい。上手……」

手放しに褒めてくる田辺も動いた。

大輔に合わせ、反対回りに、そして小刻みに突き上げ、ゆっくりとふたりの快感を高めていく。

「んっ、くっ……」

汗ばんだ背中に押し当たった田辺の胸の尖りが、いやらしい曲線を描く。

繊細に感じ取った大輔はたまらずに喘ぐ。股間はもう痛いほど膨らんでいる。

すでに新しいコンドームを装着しているが、触りたくても触れない。両手は田辺の手のひらに押さえられている。

「あや……ッ」

腰を抱いた片腕を動かそうとすると、強い力で引き戻される。

「ダメだよ。このまま、イケるはずだ」

「無理……ッ」

大輔の喉《のど》がひくりと鳴る。

「気持ちいいの、知ってるだろ?」

「あれは……おまえの……。あっ、く……」

話しているのに、強く突き上げられて、言葉が奪われる。

以前、触らずに射精したのは、互いの腹の間で揉みくちゃにされたからだ。なにもせずにイケたことはない。なかったはずだ。もう、思い出せない。

「だいじょうぶ。もっと気持ちいいよ。ほら、このまま、もっといやらしく腰を動かして……。俺が中から突き出してあげる」

卑猥さを滲ませた甘い声にそそのかされ、大輔はかぶりを振った。できない、できないと繰り返したが、後ろから揺すり上げられると、腰はまた動き出してしまう。

「……ううっ」

ダメと言われると、しごきたくてたまらなくなる。股間はいっそう反り返り、コンドームの中で溢れた先走りで先端が濡れていく。

「あや……っ、あや……」

体勢が悪い。うまく腰が動かせなくなり、大輔はもどかしさに煽《あお》られて泣きを入れた。

「もっ……勘弁して……っ」

声が上擦り、なおも動かそうとする腰が不規則にうごめく。

田辺のくちびるに襟足を吸われ、ふたりの身体が沈む。

大輔は正座した田辺の膝の上で背中から抱えられる形になる。

「あ、ふっ……」

抱き寄せられると、繋がりが深くなった。大輔の体重がかかるのだから当たり前だ。

「あ、あっ……」

「上手だったから、今日はもういいよ」

謝るように耳の後ろにキスをされ、大輔は息を乱しながら振り返る。

「今度は、俺が気持ちよくしてあげる。ね……、大輔さん」

そう言ったのと同時に、腰がぐいっと押さえつけられた。

「あっ！」

ぐんと奥を突かれ、大輔は目を見開いた。奥を開かれる恐怖よりも先に、大きな快感の波がやってくる。

「あっ、あっ、あっ……」

逃げようとする大輔の腰に両腕を巻きつけた田辺は、後ろから抱きついた姿勢で大輔を座らせようとする。

そのたびに、斜め後ろから貫かれ、奥をずんずんと突き上げられた。

「……うっ、あっ」

身をよじらせて逃れようとする大輔は、やがて衝撃に身を委《ゆだ》ねた。気持ちが良くて、どうしようもない。逃げたいのか、貫かれたいのか。自分でももうわからない。

そして、自分を愛してくれている田辺の存在がたまらなかった。

優しさを知っているから、許してしまう。

なによりも、田辺にすべてを委ねることは絶大な快楽を大輔に教える。

じわじわと胸が熱くなり、乱れた息づかいの合間にこぼれる声が大きくなる。

「いっ……きもち、いっ……あぅ……はっ。あやっ……」

甘くねだる自分の声を、恥ずかしいとは思わなかった。もう理性は焼き切れて、せつなく喘ぐ他にできなくなる。

「やっぱり、腰が動いてるよ……」

田辺にささやかれ、大輔の視界が揺らいだ。

男に抱かれていても、心はどこも傷ついていない。それどころか、深く満たされて、果てたくないとさえ思う。

「あっ、あぁっ……あっ」

膝をつき、腰を抱かれ、男の真ん中に尻を押しつけながら、大輔は髪を振り乱す。抵抗しようとしても、燃え立つ心に裏切られ、快感は増していく。イキたがる腰が何度も跳ね上がり、そのたびに全身をあやすように抱き寄せられる。

田辺の乱れた息が、汗でしっとりと濡れた肌に吹きかかり、それだけで大輔は泣きたくなった。後ろからしがみつくように回される田辺の腕に指を這わせる。

片手がそっと大輔の股間を押さえた。

「ひっ……ぅ……」

暴発寸前の昂ぶりを、田辺の指がそっと優しくなだめてきた。

「あ、あぁ……ッ」

促されるままに、大輔は熱を解放した。それと同時に、田辺も終わる。

大輔は、自分の身体に回る田辺の腕を押さえた。

離れていかないように、腕にしがみついてうなだれる。露わになったうなじには、田辺のくちびるが這った。優しく甘く、過ぎ去った快楽の残り香を繋ぐ。

「素敵だった……」

と素面《しらふ》で言える田辺は恐ろしい。その瞬間に、大輔は我に返った。わたわたと這うように逃げ、布団の上にごろりと転がる。

天井の明かりが眩《まぶ》しくて、目元を腕で覆い隠した。

「大輔さん。飲み直そうか」

しばらくして立ち上がった田辺が、部屋にある風呂へと続く廊下に出かかりながら振り向いた。

「冷蔵庫に瓶ビールがある」

「ひとっ風呂、浴びてからな」

大輔も起き上がり、田辺に背を向ける。コンドームがついたままだ。

「身体が冷えるから、なるべく早く……」

「んー、すぐ行く」

答えながら、あまりにも慣れた会話だと思う。あきれながら振り向くと、もうすでに障子は閉まっていた。田辺の足音とご機嫌そうな鼻歌が聞こえるだけだ。

「なんていうか……」

大輔はつぶやいて、あぐらの上に頬杖《ほおづえ》をつく。

いままで、セックスのあとはどうしていたのか。思い出そうとしても、記憶が遠い。

学生の頃は……、結婚した頃は……。

田辺と関係を持った初めは……。

そして、伊豆の旅行では……。

気持ちのかけらさえも思い出せず、大輔はため息をつく。

風呂場から自分を呼ぶ田辺の声が聞こえ、よいしょと声をかけながら立ち上がった。つもりが、腰が立たずに膝が笑い、その場に転げてしまう。

田辺がいなくてよかったと心から思い、大輔はもう一度、注意深く立ち上がった。

＊＊＊

風呂上がりに瓶ビールを開けて、コタツで飲んだ。大輔が差し向けたビールを田辺がグラスに受け、そして、田辺に注《つ》がれる。文字通りの『差しつ差されつ』だ。

急に恥ずかしくなって、大輔は湯を両手ですくってバシャバシャと顔を洗う。朝食の前には露天風呂へ行き、いまは朝食後の部屋風呂タイムを満喫している。

「溺《おぼ》れてるのかと思った」

浴衣姿の田辺が浴室のドアを細く開ける。湯気がないのは、窓が細く開いているからだ。ひんやりと冷たい朝の空気は心地よく、大輔は上機嫌に田辺を見上げた。

「入る？」

男がふたりで入るには小さな浴槽だが、田辺が断るはずがなかった。

ドアを半開きにして、いそいそと帯を解いて入ってくる。

石敷きの床と風呂は、ほとんど同じ高さだ。田辺が入ると、掛け流しの湯がザバザバと音を立てて溢れ、床に置かれた桶《おけ》が泳ぐ。

大輔の背後に入った田辺は、当然のように足を伸ばした。

両膝に捕らえられた大輔は、これ見よがしなため息をつきながら、男の胸に背中を預けた。足を風呂のふちに上げる。

「狭いのもいいね」

穏やかに言った田辺は、両手を湯から出した。いたずらを仕掛けるつもりがないとわかり、大輔はホッとする。

その瞬間に、田辺のくちびるが耳に押し当たった。それぐらいのことはいたずらに入らない。放置して、のんびりと目を閉じる。

「あー、帰りたくねぇなぁ」

「……また、どこか」

田辺の声がひそやかに沈む。大輔は当たり前のように、風呂のふちに乗せた田辺の腕へ、自分の手を重ねた。

「同じところじゃない方がいいかもな」

いくつも思い出を重ねて、昨日のことも今日のことも遠くなって、そのときに見るだろう景色のことを大輔は考える。これまで身を挺《てい》して守ってくれた田辺にとって、少しでも報われるものであればいいと願う。

「ここもよかったけど。いいところって、いっぱいあるんだろ？　観光地も」

「そうだね。東北もいいし、千葉の海沿いもいいよ」

「おまえはいっぱい行ってそうだよな。ここは、初めてなんだよな？　なんかで見たの？」

なにげない質問だと思ったが、田辺は言い淀んだ。大輔が肩越しに振り向くと、困惑の表情とともに答えが返ってきた。

「……アニキ」

「うぇッ……」

変な声が出ても仕方ないだろう。あの岩下だ。

以前、テーマパークで遭遇してしまってからはニアミスもないが、偶然に会いたくない相手ナンバーワンだ。不意打ちで先輩の西島に会うのもイヤだが、岩下は目を合わせるだけでも心理的なプレッシャーがかかりすぎてつらい。

セットで男嫁まで現れようものなら、夕食の味もわからなくなる。

「だいじょうぶだよ。横浜から出てないことは確認済みだから」

背後で田辺が笑い、大輔は身をよじった。

「おまえ……、あの男嫁が連れ込まれたって聞いたから、ここに……」

「それ、言う？」

田辺の手が、大輔の片頬をむにゅっと摘まんだ。優しくたしなめられて、バツが悪い。

「昨日のアレが、誰かを想像した上での行動だと思うなら、いまから確かめてもらいたいぐらいだな。……俺が誰を一番に考えてるか」

疑っているわけではない。これはただの嫉妬だ。

ありえないとわかっていても、繰り返してしまう。

「大輔さん。ねぇ……」

田辺が身体を起こす。横向きに座った身体を抱き寄せられ、頬にくちびるが押し当たる。

「好きなんだよ。もうずっと、俺には、あんただけだ」

言葉は、温泉の温度よりも熱く、大輔の胸いっぱいに溢れる。

「おまえだって、昨日……。女がどうとか、熟女が……とか言ってただろ」

「ただの嫉妬だよ」

「俺だって……」

振り向いて黙る。言えば後悔する言葉を、田辺のキスに奪われる。

「あんたは、本当にかわいい」

くちびるを重ねながらささやかれ、大輔は目を閉じた。

またしばらく会えない。知っているから帰りたくない。

日常が戻れば、また、ふたりの時間は流れていく。いつかきっと、答えを出さなければいけなくなる。

それは男女が答えを決めるのとはまるで違うだろう。

ふたりにはゴールがない。

あるとすれば、それは、どちらが傷つかずに組織を離れられるか。それだけだ。

大輔をたいせつそうに抱き寄せる田辺が、

「もう、家まで連れて帰ろうかな……。旅のお土産《みやげ》に」

甘だるい吐息をつくようにして、つぶやく。

「うるせ……」

大輔は目を伏せる。いつか行き止まりになってもいいと、心の中で思う。

田辺が飽きてしまわないなら、なんでもいい。

流されている自覚を持ちながら、大輔はくちびるを薄く開いた。

湯けむりの中でかわすキスは穏やかに優しく、それにさえ快感を覚える大輔は、わずかに身をよじらせる。田辺の手が、するりと湯の中に沈んだ。

刑事にキケンな横恋慕

1

春先の風が、スーツの上に羽織った薄手のコートをひらめかせる。

両足で踏ん張った大輔《だいすけ》は、ぎゅっと眉《まゆ》をひそめた。

「クソおもしろくねぇな」

先輩である西島《にしじま》の声がした。重い足取りで戻ってくる。缶コーヒーを差し出され、会釈をしながら受け取った。

「どっちもこっちもせせこましいシノギしやがって」

固太りした体型の腹がますます出てきた西島とは、一回り以上年齢が違う。それでも、もう何年もコンビを組んでいる。

三宅《みやけ》大輔が籍を置くのは、組織犯罪対策課・通称『組対』だ。

巷《ちまた》にはびこる暴力団を取り締まると言えば聞こえがよすぎる。だいたいの仕事は、市民からの苦情を受け、暴力団側へ注意を促すことだ。

麻薬だとか拳銃取り引きだとか、そういう大きな仕事は他の部署に奪われることが多く、大輔たちの部署にはほとんど回ってこない。大輔と西島が受け持つ仕事は、地道で重労働な川底さらい同然だ。

小さな小さなかけらを求めて、日夜せっせと街の底を這《は》いずり回る。集めたものがいったいなにになるのかさえもわからないまま、チンピラの動向に目を光らせる毎日だ。

「まぁ、抗争なんかやられた日には忙しくてたまんねぇからな。これでいいけど」

ガードレールに腰を預け、西島は缶コーヒーのプルトップを押し上げた。

一生現場へ出たいから、出世なんて興味ないと言い切る先輩刑事の風貌《ふうぼう》は、どこから見ても『ホンモノ』だ。

若い頃はパンチパーマをかけていたという髪は、セットが面倒だという理由で短く刈り込まれている。太い首にずんぐりとした肩。それから、短い脚。

結婚は一度したが、早々に離婚されている。

一方の大輔も、バツイチだ。若手扱いから脱却して、中堅として扱われたい三十代前半。それでも若づくりにしているのは、コンビを組んでいる西島が強面《こわもて》担当だからだ。

大輔の方は、チンピラからのウケがいいように髪を明るめに染め、ざっくりと後ろへ撫《な》でつけている。本格的に情報収集するときは、スーツさえ着ない。

「平和なんだから、いいじゃないっすか」

笑いながら缶コーヒーを飲み、コートのポケットで震えたスマホを取り出した。西島が話し続ける。

「だからっておまえ……一個六万円のトイレットペーパーの価格を適正にしろなんて説教はしたくねぇだろ。あそこは本当に、くだらないことばっかりしがやる」

日用品を売りつけ、みかじめ料を徴収する手口だ。景気が良かった頃は黙って払っていた飲食店も、こんなに不景気では出し渋る。客足が鈍り、ヤクザを頼るほど態度の悪い客はめったに混じらないからだ。結果、ヤクザからの嫌がらせが始まり、トラブルになる。

「害がないじゃないですか」

と、大輔は答えた。警察が介入すれば、ヤクザはスッと引く。

手にしたスマホのロックを解除すると、アプリにメッセージが届いていた。誤送信を避けるため、互いにしか送れないようになっている。

中身は写真だった。いわゆる、おもしろ看板。

「くっだらねぇな」

思わず笑うと、見透かしたようなタイミングでメッセージが飛び込む。

それも開いてみると、今度は短い文章だった。

『その笑顔、今晩見せて』

こんな恥ずかしい口説き文句、大輔なら送ろうとも思わない。しかし、相手はいつだってこんな感じだ。

大輔のスマホに、当たり前の顔をしてカップル用のメッセージアプリを入れた男の顔が脳裏に浮かぶ。柔らかなパーマがかかった髪を小粋に撫でつけ、インテリぶった眼鏡《めがね》をかけている。

大滝《おおたき》組構成員の田辺恂二《たなべじゅんじ》は、投資詐欺の元締めのようなことをしているインテリヤクザだ。大輔の抱える情報提供者のひとりであり、抜き差しならぬ関係の相方でもある。

「おまえ、なにをニヤニヤしてんだよ。気持ち悪いぞ」

西島に言われ、大輔は顔をしかめた。

「はぁ？　してませんよ。ニヤニヤなんて」

「再婚か？　やだねー、若いやつは尻《しり》が軽くって。別れた女房への未練もねぇのか」

そんなもの、あるわけもない。西島もわかっていてからかってくる。

「ほっといてくださいよ」

先輩を邪険にあしらい、大輔はスマホの画面を見た。文章を三回書き直し、それでも送信ボタンを押せず、すべて消して「ＯＫ」のスタンプを送る。

我ながらそっけない。

恥ずかしいんだよ、と心の中で悪態をついたが、二週間ぶりの誘いに心は浮かれた。

＊＊＊

田辺と会うのは、一ヶ月に一度か二度だ。

情報提供の見返りを身体《からだ》で払うという関係がズルズルと続き、いつのまにか情が芽生えてしまった。なんて言うと、やはり格好がつきすぎる。組対同様、真実は泥くさい。

要するに、オトされたのだ。

身体の快感から始まってじわじわと、田辺には心まで気持ちよくされてしまった。一緒にいると落ち着くし、変な話だが、仕事の疲れが癒《い》やされる。

「おまえ、なに飲むの。用意しとくけど」

引っ越して一年ほどの田辺のマンションは、詐欺で儲《もう》けた金だと思うと、ため息が出るしかないほどゴージャスだ。ビールを飲みながらテレビを見ているのにも飽きてキッチンへ入ると、中華料理店に頼んだデリバリー料理を、わざわざ紙の器から皿へと移している田辺が顔を上げた。

「同じものでいいよ」

「じゃあ、ビール」

薄手のセーターをまくり上げた田辺の腕には、太い血管が浮き出ている。それを横目で見た大輔は、冷蔵庫の扉に手をかける。

冷蔵庫のつもりで冷凍庫の扉を開けてしまったのは、田辺の男らしさをうかつに見てしまったからだ。

「……氷、いるの？」

田辺が近づいて、冷凍庫を覗《のぞ》き込む。柑橘《かんきつ》系のメンズコロンがかすかに香り、大輔の胸の奥が疼《うず》く。

「冷やしたいのはどこなんだか……ね」

わざと柔らかく出した声に追い詰められる。冷凍庫の扉がパンと閉まった。

「あや……」

恂二という名前の『恂』の字を脳裏に浮かべたとき、読み方はわかっているのに、うっかり『あや』と読み間違えてから、大輔は田辺をそう呼んでいる。初めは、セックスのときだけだった。いまはもう日常化してしまっている。スマホの登録名も『あや』だ。

うつむいたあご先が男の指に持ち上げられ、あっという間にキスされた。ついばむような仕草でくちびるを吸われ、腰がふるっと痺《しび》れる。

「……っ」

大輔の頭の中ではもう、田辺へ腕を伸ばして首にしがみついていたが、実際は身じろぎひとつしない。

セーターに摑《つか》まりたいと思い、せめて腰に手を回したいと思う。その一方で、舌先を吸われたくて落ち着かず、頭の中では舌を絡め返すのに、やはり現実は正反対だ。

「……あぁ、メインから食べるところだった」

笑った田辺が離れていくと、互いの身体の間で風が動いた。空間ができたことにものさびしさを覚え、大輔はくちびるを引き結んだ。

「なんだよ。不機嫌だなぁ」

大輔の気持ちに気づかない田辺はそれでも嬉《うれ》しそうだ。

ふたりで過ごす貴重な夜だから、めいっぱい気を使っているのだろう。そうでなくても、田辺は優しい。ふたりの『きっかけ』が嘘《うそ》のようだ。

「……腹が減ってる」

「もう準備できたから、食べよう。大輔さんはビール持ってきて。俺もグラスはいらない」

そう言って離れた田辺は、くるりと振り向く。いきなり引き寄せられ、ぎゅっと抱きしめられた。

「ごめん。香辛料で舌が痺れる前に、ディープなのさせて……」

「んっ……」

いいも悪いも聞かず、くちびるに吸いつかれた。とっさに動かした手がセーターの裾《すそ》をかすめる。布地を握ろうとしてやめたのは、それよりも背中へ手を回したかったからだ。

しがみつくようにして抱きつき、首をひねりながらくちびるを深く重ね合う。田辺のぬめった舌が遠慮がちに忍び入った。

柔らかな部分が触れ合う刺激に大輔の背が震えると、逃がすまいとするようにいっそう強く抱きしめられる。

男同士の息づかいと水音が混じり合い、滑稽《こっけい》だと思いながらも性的な欲求を煽《あお》られた。田辺だと思う安心感が、大輔の背筋を溶かしていく。

「んっ……ふ……ぅ、ん……」

田辺のキスはうまくて、大輔から仕掛ける隙《すき》はない。だから、されるがままに身を委《ゆだ》ね、口を開いて受け入れる。すぐにジーンズの前が苦しくなった。

「大きくなってる。……会えない間、俺のこと考えてシコった？」

「……ふざけんな」

「俺は、あんたのことだけ考えてシゴいたよ。浮気もせずに偉いだろ？」

押しつけられた腰がいやらしく動いて、互いの昂《たか》ぶりが布地越しにゴリゴリとこすれ合う。それだけで、大輔の身体は火照《ほて》り、顔まで熱くなっていく。

「……あや」

「なに？」

少し意地悪な声で聞き返され、拗《す》ねた気持ちになる。額を田辺の鎖骨に押しつけ、深く息を吐く。

「前が、苦しい」

「そりゃあ、そうだろう。こんなに大きくなって」

「……」

ベッドに上がれば、あれをしろ、これをしろと言えるのに、久しぶりに会ったと思うと、途端に言えなくなる。バカバカしいと思いながら、大輔はわずかに腰をよじった。

互いがこすれると気持ちがいいのは田辺も同じだろう。熱っぽい息が耳にかかり、眼鏡のふちが肌へとかすかに触れる。

「……あっ」

ずくんと腰が痺れ、思わず身体を引く。背中が冷蔵庫に当たって止まり、田辺の手でジーンズのボタンがはずされる。

あっという間に下着ごと引き下ろされ、大きな手のひらで包まれた。昂ぶりがこすられると、文句も言えない。

田辺は、片手で自分のチノパンをゆるめ、引きずり出したモノをしごいた。

「ヤバいな。俺の方がパンパンだ……」

へらっと笑うのは照れ隠しだ。

「大輔さんも手を貸して」

言いながらキスをされ、あとはいつものなし崩し。猛《たけ》った性器の裏筋同士を押しつけ合い、どちらからともなく腰が揺れる。

田辺が先端を両手で包むと、指でカリ首が絶妙に刺激された。

「んっ……はっ……」

息を乱し、二本の根元あたりをまとめて摑んだ大輔は、モヤモヤとした欲求に我慢できなくなり、自分からくちびるを押しつけにいく。

田辺は眼鏡をはずし、そのまま床へ投げ捨てた。

「大輔さん、やらし……」

最後まで言わせずに、舌を吸う。

間近にある田辺のまなざしに欲望が募るのを見た大輔は、こらえきれずに喘《あえ》いだ。ひとりでシゴくときとはまるで違う快感が溢《あふ》れ、それぞれがお互いのものを摑む。

「……あっ、あぁっ……あやッ……」

シゴき合いながら舌を絡め合った。切羽詰まった大輔の視線を、田辺はいつものように待ち構えている。

ひとときも視線をそらしていないと思えるほどだ。

しかし、それが安心感になり、どうにもならない感情が溢れ出す。

好きだと言われ、好きだと答えた。

先の約束もない。それでも、大輔はいままで会った人間の中で、田辺のことが一番好きだ。恋だとか愛だとか、説明のつく言葉で表現できないほど想っている。

田辺からの感情は聞くまでもない。快感に溺《おぼ》れ始めた大輔を見つめる瞳《ひとみ》は、気恥ずかしいほど好意を隠そうとせず、溢れんばかりに甘やかしてくれる。

指先で先端を細やかに愛撫《あいぶ》され、大輔は震えながら達した。

＊＊＊

田辺と過ごすとき、仕事の話はほとんどしない。酒に酔った大輔が、西島の愚痴を言うぐらいだ。

「……いってぇ」

手すりを握った大輔の口から声が漏れる。

定員オーバーだったエレベーターを避けて階段を使ったのは間違いだった。いつもならなんでもない段差が、今日にかぎってつらい。

夜通し、開いた足で田辺の体重を受け止めたからだ。田辺は気を使い、後ろからとか、横からとか、あれこれ体位を変えようとした。大輔はそれがイヤだった。ほろ酔いを言い訳にしてがっつき、正常位で抱き合いたいと言い張ったのだ。

　これがオンナならエロくて最高だろうと思う。しかしあいにく、大輔はきれいでもなんでもない、ただの男だ。もしも魅力があるとしたら、バランスよくつけた肩と腕の筋肉だが、これも同じ男である田辺にとってみれば無価値だろう。

　そのくせ、昨日の夜も散々泣かされた。ひどい腰つきで責められ、幼児に対するような甘い声で褒め倒されたのだ。

　ひくつく腰の動きを『上手』と褒められたことを思い出し、大輔は自分の心臓を押さえる。うっかりトキめいてしまうのはもはや病気だ。

　ベッドの上で得た快感が甦《よみがえ》り、欲情が腰の深い場所で芽生える。

　今夜も会えたらいいのにと、頭の端っこで考え、髪を振り乱す勢いで首を振った。弱気な自分の頬《ほお》を叩《たた》いて、気合いを入れ直す。

　顔を上げると、そこに男がいた。部署は違うが、刑事のひとりだ。

「おつかれさまです」

　表情を引き締めて会釈すると、短髪の男はついっと目を細めた。年齢は三十代後半。所属は薬物関係。ついでに『天野《あまの》』という名前も思い出した。

　西島のようないかつさはないが、肩幅が広く、腰回りのしっかりした体格だ。かなり鍛えられている。

「百面相だったな」

検分するような目つきは刑事の仕事柄だろうが、鋭さの中に狡猾《こうかつ》さが見え、好ましいタイプではなかった。西島ならはっきり『嫌い』と言うはずだ。

天野はすぐに表情を変え、気さくな笑みを見せた。大輔へと近づいてくる。

「暴力団対策係の三宅だろ？　俺は、銃器薬物係の天野だ」

「名前は知ってます。もしかして、俺のこと、待ってましたか」

冗談で言ったつもりだったが、にやりと笑った天野は静かにうなずいた。

「君さ、大滝組の岩下《いわした》の舎弟と関係してるって本当？」

「……情報を拾うぐらいの付き合いのヤツならいますけど。……大滝組に関係する事件って、いま、ありましたっけ」

「『本丸』関係はないね。あそこは堅いからな」

「下部組織についてなら、その男とは別の筋になりますけど……、とりあえず、上からの命令がないと」

部署を越えての情報提供は、内容の真偽も絡んでくるので、よっぽど気心の知れた同期でない限りやらない。欲しい情報があるのなら、上司を通すのが筋だ。

「そういうこととすると、君の立場が危ないんじゃないかと思って」

「……なんですか、それ」

大輔はわざとヘラヘラ笑った。その反応の裏を見るように、天野はまた目を細める。居丈高な態度が鼻につく。

「君と田辺の関係は、利害を超えてるよね？」

ズバリと言われ、内心でだけ驚いた。顔には出さずに首を傾《かし》げる。しらばっくれる方法は西島譲りだ。

「利害を超えてるって、どういう意味なんですか。よくわからないな。俺はクリーンですよ」

情報協力者を独自に持つ場合、金銭のやりとりはグレーゾーンだ。上司の命令でも金が出ることはほとんどなく、自腹を切ることが多い。

業務外という扱いで見られ、あまりに目立つと、上司から注意を受けることになる。

もちろん、向こうから賄賂《わいろ》をもらうことはご法度だ。

こちらが情報を引っ張っても、向こうに飼われることはありえない。……表向きは。

「ここで話せるようなことじゃないだろう？」

耳打ちしようと近づいてきた天野から、とっさに身を引く。くんっと鼻を鳴らされた。

「いい匂《にお》いがするねぇ……。朝まで一緒だった？」

匂いを嗅《か》いだ天野は、ねっとりとした笑みを浮かべる。

スポーツマンタイプがインテリを装って失敗したような、ちぐはぐな雰囲気だ。ぞっと

して、さらに後ずさりたくなったが意地で両足を踏ん張った。

これ以上、侮られたくない一心で睨《にら》みつける。

大輔を舐《な》め回すように見た天野は、ふふっと楽しげに笑った。

「詳しいことは夜にでも話そうよ。いい店があるんだ」

スーツの胸ポケットに、折りたたんだメモを押し込まれる。

「証拠は押さえてるんだからね」

すれ違いざまに肩を叩かれ、大輔は勢いよく振り向いた。

呼び止めて問い詰めたかったが、天野が下りていく階段の先から西島が現れ、チャンスがなくなる。

階段を上がってくる西島は、すれ違った天野を振り向いた。しばらく立ち止まり、相手が見えなくなってから歩き出した。

「あいつと話してただろ。薬物班が、うちになにの用だ」

「いい情報網を持ってないか、探りを入れてるんじゃないですか」

「……おまえのアレか？」

「岩下の舎弟ですから、薬物関係は疎いと思いますけど」

岩下周平《しゅうへい》は大滝組若頭補佐のひとりで、直系本家の絶対的エースと名高いヤクザだ。

四十歳近くなり、世間的には若手の年齢ではないが、高年齢化の進むヤクザ社会ではまだ若い。若頭・岡崎《おかざき》の懐刀兼金庫番としての力量は、関東だけでなく全国に知られている。

その大滝組は、薬物によるシノギを名目上、禁止していた。直系本家の構成員は特に、組長を使用者責任の追及にさらさないため、厳格な行動を取ることが多い。

岩下の舎弟である田辺も自身が詐欺で捕まるようなヘマはしない。書類上は前科ゼロだ。同じく前科のない岩下の本業はデートクラブの経営で、こちらは一段とうさんくさい。

高級コールガールを抱え、派遣売春をしていると噂《うわさ》されているが、調べようとすると上からストップがかかるぐらいに『闇《やみ》』だ。

顧客名簿にお偉いさんの名前でも載ってるんだろうと西島は笑い飛ばす。しかし、大輔は笑うに笑えない。

警察というところは何層にも薄皮が重なっているような組織だ。表は漂白したように白くても、一枚剝《は》がすごとに薄汚れ、最終的には真っ黒になる。

どこの組織だって似たようなものだから、下っ端は真相なんて気にしないのがいい。

警察官の本分は国家の治安を守ることであり、持ち合わせるべきは外へ向けての正義感ただひとつ。

「で、天野になにを言われたんだ」

「なにも言われてません」

大輔が歩き出すと、西島もあとを追ってくる。

「本当か？　おまえはすぐに自分で抱えてドツボにはまるだろ。女房に逃げられたり、胃に穴を開けそうになったり……」

「……ちょっと、放っといてくださいよ」

げんなりしながら振り向くと、西島は大きな身体を揺するようにして笑った。

大輔はこれ見よがしに眉をひそめる。そうしていないと、うっかり話してしまいそうな自分がこわい。

田辺とのこれまでのこと、そして、これからのこと。

禁断の恋と呼べるほど重い話じゃないと、西島に笑い飛ばして欲しい。しかし、言えるはずがなかった。相手がヤクザだからではなく、男同士だからだ。

嫁に逃げられた挙げ句、うっかりハマってしまった相手が男だなんて、笑い飛ばされるのを通り越して、末代までいじり倒されそうな気がする。田辺との間に肉体関係があることは悟られているが、本気になったことはやはりタブーだ。

だから、言えない。西島には言えない。

「……大輔。おまえ、妙に肌ツヤがいいな」

「昨日、中華を食いました」

「へー、中華街でしっぽり……」

「しっぽりなんてしませんよ。友達《ダチ》が相手なんですから」

答えた先から、大輔はまた、田辺の指を思い出してしまう。

何度も内太ももを押さえられ、逃げそうになる首筋を引き止められた。ふたりだけで味わった濃厚な夜の記憶に、大輔は思わず拳《こぶし》を握って吠《ほ》える。

いきなりの大声に驚いた西島が飛び退《すさ》ったが、気合い入れの振りをした大輔は素知らぬ振りで部署へ向かった。


天野が指定した場所は、管轄から離れた歓楽街の一画で、雑居ビルの中にあるスタンディングバーだった。

薄暗い店内には丸いテーブルが配置され、平日のわりには客が入っている。

大きめの音量で流されている音楽は、話し声をほどよく掻《か》き消し、その分だけ笑い声が響いて聞こえた。

大輔に気づいた天野がわざわざ出迎えに来て、奥のテーブルへ連れていかれる。すでに飲み始めていたらしく、天野の手元にはビールグラスが置かれていた。中身は不透明の赤い液体だ。ビールをトマトジュースで割った『レッドアイ』あたりだろう。

「ここはセルフなんだ。なにを飲む？」

「じゃあ、とりあえずビールで」

コートを着たままの大輔が答えると、天野はテーブルを離れた。カウンターまで行って、ビールをもらってくる。

大輔が財布から千円札を取り出すと、自分の方が年上だからと笑いながら拒まれた。

「君は、あんまり利口じゃないよね」

いきなり言われて、大輔はそっぽを向く。その態度が不躾《ぶしつけ》だと言うなら、お互いさまだ。

「なんだ、拗ねてんの？　西島と組むなんてハズレくじもいいところだろう。出世する気がないならいいけど……。刑事なんてどうして続けてるの？　君は、交番勤務の方があってそうだ」

「あんたに言われる筋合いないでしょ」

「まぁ、いまのままが、都合いいんだろうけどね」

持って回った言い方をする天野は、手にしたグラスをテーブルに置いた。どこか人をバカにしたような話し方をする男だ。それがいちいち鼻につく。

「これ、君と相手だろ」

天野が一枚の写真をテーブルに置いた。

そこに写っているのは、スーツ姿の大輔だ。

「こっちの男が、大滝組の岩下の舎弟なんだって？　これを押さえているうちは、君が交番へ回されることはないだろうね」

男の声が、大輔の耳を素通りしかけた。なにを言われたのか、すぐには理解できない。

写真の中の田辺は、ピンストライプのスーツをさらりと着こなし、いつも以上にカッコよく見える。しかし、それが大輔を動揺させたわけではなかった。

「手なんか繫《つな》いじゃって、エロいよね」

天野の手が写真の上を滑り、爪《つめ》の先で一部分を示した。

「言いがかりじゃないですか」

ハッと短く息を吐き出し、大輔はビールを喉《のど》に流し込む。

「言いがかり？　こういうの、恋人繫ぎっていうんだろ。ちょっと手を引っ張られたぐらいじゃないよ。子どもでもわかる」

「だから、なにですか。ふざけただけだ。っていうか、こんな写真、どうして……」

嫌悪感を隠さずに顔を歪《ゆが》めると、天野は写真をしきりと撫でた。

「でもさ、こういうのが出ると困るよね。ゲイってだけでも肩身が狭いのに、相手が暴力団構成員っていうのは」

「情報源なんで。っていうか、俺はゲイじゃ、な……」

「この程度の写真だけだと思ってる？」

話を遮った天野が小首を傾げた。襟がきちっとしているスーツは、安月給の何割をはたいたのかと思うほど仕立てがいい。

しかし、体格には合っていなかった。

本当にいいスーツというのは、田辺が着ているようなものをいうのだ。一着プレゼントしたいと言われたことがあったが、着ている自分を想像すると笑いが止まらなくなりそうで断った。

残念そうにしていた田辺の顔を思い出し、大輔はため息をつく。

街中でキスをしたことはない。会うときはいつも個室だ。

デートらしきことも年に数回はあるが、ロマンチックさとはほど遠い。

天野がカマをかけているのだと察して、大輔は自分の首筋に手をあてた。相手の出方を試すつもりで、困っている振りをする。

「欲しいのは、なにですか。薬物関連の情報なら、こいつからは難しいって言いましたよね……？」

「一晩、君といたいんだけど」

写真を撫でていた天野の指が、印刷された大輔の上で止まる。

「は？」

「はっきり言えば、やらせて欲しい」

驚きのあまり叫びそうになった声が、喉に詰まり、ヒッとみっともなく引きつれる。

大輔は頭を抱えたくなった。自分の置かれている状況に気づき、同業だから油断していたことを悔いた。

店の中にいる男たちは、やけに肩を寄せ合って話している。視界の端で尻を撫で回されているのが目に入り、やっぱりと思う。入ったときから雰囲気があり、もしかしたらと思っていた。しかし、天野がゲイだとまでは想像しなかった。

「ね……。君はあんまり利口じゃない」

ねっとりとした視線を向けられ、震えが来る。天野の目にはあきらかな欲情があった。

「あんた、ホンモノ……。結婚、してるだろ」

天野の左手にリングを探す。笑って差し出された手にはなにもついていない。しかし、リングの跡がうっすらとくぼんでいる。

「君もしてたはずだ」

「……考えるまでもなく、嫌なんですけど。断ったら、俺の立場が悪くなるって脅しなんですか、これ」

とんでもない要求だ。思わず、へらへらと笑ってしまう。

「身内を売るのはつらいけどね」

口調こそ軽いが、天野は本気だ。獲物を狩るケモノの目は、ギラギラしている。

「即答なんかできませんよ。俺はホモじゃないし」

そうであっても承諾するわけがない。

「……彼としてるだろ」

「してませんよ」

冷淡に答えたが、天野は信じていない。さらにじっと見つめられる。

服を剝がされて裸を見られるような不快さが押し寄せ、顔を背けたくなる。しかし、弱みは見せられない。

怯《おび》えたと思われたくないからだ。睨み返して嫌悪を見せるのもシャクで、大輔は無表情にくちびるを引き結んだ。

田辺とはセックスをする。だけれど、自分が男の欲望対象になるなんて考えたこともなかった。

「困るのは、彼の方かもしれないね」

天野が写真をチラチラと揺らす。

「協力員だってのは、君にとっては格好の言い訳だろうけど。同じことが彼にも言えるかな。岩下ってのはコワイ男なんだろう」

ふふっと笑われて、大輔はさらに表情を消した。

大滝組の大幹部だ。何度か会ったことがある。

色男な容姿からは想像できない威厳を備え、田辺も恐れているほどに冷酷な男だ。大輔との仲が利害を超えたものだと知ったら、どう思うだろうか。

「しばらく時間をあげるよ。ここまで来たら、数日待つぐらいはなんてことない」

天野の手が伸びて、大輔の頰を撫でる。

汗ばんだ手のひらは、想像する以上に気持ち悪かった。首を振って逃れた大輔は、そのまま背中を向けて店を出た。


自宅へ帰りつくなり、大輔はスーツを脱ぎ捨てた。

ユニットバスでシャワーを浴び、ろくに泡立てていないボディソープを頰へ塗りつけた。

天野に触れられたおぞましさが抜けきらず、三度洗ってようやく息をつく。

「なんでだよ」

ぼやきをこぼしながら、顔を手のひらで拭《ぬぐ》う。

男にケツを狙《ねら》われることがこんなに嫌な気分だとは知らなかった。

田辺に不意打ちで犯されたときも、驚きと怒りが入り混じってショックだったが、あとを引くようなことはなかった。

殴られるようなものだ。単なる『暴力』だと思えた。

しかし、考えてみれば、あのときの田辺にはまだ感情がなかった。自分の兄貴分を真似《まね》て、快楽で縛った男をあわよくば情報源にしようと考えていたのだろうが、どこまで本気だったのかはわからない。

田辺との関係が、自分を男好きに見せるのだろうかと思い、大輔は頭を抱えた。性的な嗜好《しこう》が男に変わったわけではない。いまだにグラビアアイドルやアダルトビデオで自慰をするし、好みのタイプを街で見かければ淡い欲情を感じたりもする。

いつでもストレートに戻れると思う一方で、田辺と会えなくなることは考えたことがなかった。

もしもふたりの関係が互いの組織にバレたとしたら、困るのはどちらなのか。

『情報提供者』という名目は、ふたりにとって都合のいい隠れ蓑《みの》だ。しかし癒着を疑われ、監査でも入ろうものなら会えなくなってしまう。その可能性は否定できない。

大輔が警察を辞めるか、田辺がヤクザをやめるか。

単純な二者択一に見えるがそうではない。どちらかが仕事を捨てることで解決するなら楽な話だ。

胸に拳を押しつけ、大輔はシャワーへと豪快に頭を突っ込んだ。

会えなくなると考えると、心臓を鷲掴《わしづか》みにされたような痛みを感じてしまう。同時に不安が押し寄せてきた。

月に一度か二度の逢《あ》い引きで我慢できているのは、会えるという確証があるからだ。しかも田辺の方から誘ってくれると信じている。

女子供のような甘えだと、大輔は奥歯を噛《か》んだ。

ベッドの上の戯言《たわごと》でしか本音を口にしないことも、結局は『行き止まりの恋』だからだと気づいてしまう。遊びや利害が言い訳になっているうちはよくても、離れがたいほどに本気になってしまっては抜き差しならない。

ふたりの仲が知られたとしても、大輔は職を失うだけで済む。田辺はそれを知っている。知っていて、自分の立場についてはロにしないのだ。

ヤクザの世界は治外法権だ。警察に捕まれば日本国憲法で裁かれるが、ヤクザ社会独特の決まりもある。それを決めるのは、組織であり、親分であり、兄貴分だ。

田辺の置かれた環境でいえば、直接支配をしているのは岩下周平だから、すべては彼の一存で決まる。組や親分の指示を仰ぐような事態に陥れば、岩下自身もタダでは済まない。だから、対処は冷徹なものになるだろう。

もしも、内通者として飼っているはずの刑事と熱愛しているなんて知ったら、岩下はどんな顔をするだろうか。冗談交じりの肉体関係なら利害の絡んだ『セックスフレンド《セフレ》』で済むが、ふたりはもう本気になりかけている。

田辺の処遇を考えた大輔は、ぶるっと大きく震えた。

指の一本や二本、ましてや金で済む話ではない。

舎弟の醜聞が致命傷になりかねないほど重要な位置に岩下はいる。

陰の後継者と噂されたことがある経済力は、大滝組内に絶大な影響力を持っていた。しかし、岩下が望んでいるのは自身の昇進ではなく、若頭へと押し上げた岡崎に完全制覇を遂げさせることだ。つまり、彼を次期組長に推している。

跡目争いの神輿《みこし》には乗らないと宣言する代わりに、男を嫁に迎えるという悪ふざけをやってのけたのも、自分を貶《おとし》めることで岡崎への忠誠を見せるためだ。義兄弟の関係に溝が入るのを避けた岩下の行為は功を奏し、彼を跡目争いに誘い込む声は消えた。

しかし新たな問題も出ている。男同士の結婚に不快感を示した一部の幹部が、アンチ岩下の声をあげていることだ。その声はまだそれほど大きくない。

岩下はこのまま収束へと持っていくつもりだろう。そんなときに、大輔と田辺の関係が知られることは危うい。ふたりの関係は岩下が選んだ『悪ふざけ』とは違うからだ。

利害を超えたものだと知られたら、鼻で笑われてお終《しま》いになるだろう。求める成果とは違う結果には、修正もしくは処罰が与えられるはずだ。どちらにしても、別れを迫られる。

とはいえ、田辺が足抜けするのは容易ではない。大輔が警察を辞めることも、ふたりの仲が露呈してからでは意味がなかった。

それができれば、迷わない。

交番勤務だった父親の背中を見て育った大輔にとって、刑事になれたことはなによりも誇らしい。だから、一転してヤクザ者の片棒を担ぐ行為は選べなかった。

墓の下の父親に顔向けができなくなる。

それなのに、行き詰まっていくほどに田辺の存在が大きくなる。胸の奥で膨張して、もう苦しい。

シャワーを止めた大輔はため息をついた。

会いたい。顔が見たい。

心からそう思う。

せめて声を聞いて、優しい言葉で甘やかされたい。

別れることになったら、田辺はどうするだろうかと考え、大輔は自分以上に傷つく相手を想像する。大輔を守るためになら、骨の数本にヒビを入れられても平気な男だ。想いは真摯《しんし》に深く、我慢強い。きっと、なにごともなかったかのように微笑《ほほえ》んで、ひとり、傷を負ってしまう。想像は容易だ。

胸の奥にある田辺への想いが、焦げつき爛《ただ》れていくのを感じ、大輔はうつむいた。濡《ぬ》れたバスタブの底を見つめる。

大輔が田辺を『癒やし』だと思うように、田辺も大輔を甘やかすことに安らぎを見いだしている。そう無条件に信じられることは、安っぽく言えば奇跡だ。

こんなに好きになるなんて、出会ったときには考えもしなかった。

守りたいと、大輔は思う。

田辺の想いと自分の想いを。そして、先の見えないふたりの関係を。
そのためには、『情報提供協力者』の隠れ蓑の中にいなければいけないのだ。
拳を握り、くちびるを噛む。大輔は宙を睨み据えた。

2

背中を押された大輔は、逃れるように天野の腕を振り払った。自分から進んで奥へ進む。場末のラブホテルだ。無人の受付を通ってたどり着いた部屋は四階にあり、十畳ほどの洋室に味気ないダブルベッドが置かれていた。

こざっぱりとして清潔そうだが、『やるための部屋』というイメージは拭えない。

「田辺って男に、どんな調教をされてるのか、楽しみだな」

ルーム料金の支払いを自動機で済ませてきた天野が上機嫌に笑う。欲望を滲《にじ》ませた声が耳障りだ。

不機嫌な顔を向けると、勝ち誇った笑みを返された。

「脱いでよ」

舌なめずりするような目が、大輔を促す。

「命令するなよ」

悪態をつきながら、薄手のコートと一緒にジャケットを脱ぐ。ネクタイはポケットの中だ。

「どっちの立場が上か、わかってるんだろ？」

ベッドに腰かけた天野が自分のくちびるを何度も撫でる。服を脱いでいく大輔の指を眺める視線の不愉快さに、

「変態ばっかだな」

大輔はぼやいた。

「……一回だけだって、わかってるよな？」

天野の方が年上だが、敬語を使う気なんて、さらさらない。相手は脅迫を仕掛けているゲスだ。そして、反発を見せなければ心がついてこないほど、大輔は気が重かった。田辺以外の男とのセックスは苦痛だ。想像さえしたことがない。

田辺は特別だった。利害の一致を逃げ道にして、なにひとつ奪われずにきたのだ。優しさに甘やかされ、前妻の薬物使用が発覚したときも、取り乱すことなく対処できた。もしも田辺のフォローがなかったら、どうなっていたか。

大輔はうすうす気がついていた。夫婦や家族という世間体に振り回され、狭い心で相手を束縛して傷つけ、同時に自分自身も疲弊してしまう。そうならずに済んだのは、田辺がいたからだ。

熱っぽく、そしてまっすぐに求められて、大輔は初めて『男だから』ではなく必要とされることを知った。守らなくても慕われ、ありのままが肯定される。

その上、田辺は何度も、大輔の知らないところで犠牲になってきたのだ。刑事としての大輔を守るため、鉄拳制裁を受けたこともある。言わないから知らなかった。けれど、知ったところで、田辺が恩に着せてくることはない。

せいぜい、ベッドの上で優しい素振りをして欲しいとねだるぐらいだ。

だから、田辺のためになら、他の男と寝ることもかまわない。

大輔は心の中で繰り返し、同時に、こんなことは間違っているとも思う。

一度だけで済むのか、わからない。それを考える余裕が、大輔にはなかった。

ただ、田辺の立場を守りたいだけだ。

田辺が身を挺《てい》してかばってくれたように、なんとかして天野の気をそらしたい。

どうせ会うのは一ヶ月に二度あるかないかだから、黙っていれば知られることはないだろう。あとは天野が早く飽きてくれることを願うばかりだ。

「やっぱり、同職はいいな……。自衛官だと筋肉がつきすぎる」

あからさまに興奮した天野が、爛々《らんらん》と目を輝かせる。

筋肉フェチなのだろう。警察官がツボなら、確かに相手は見つけにくい。

「若すぎない身体はエロくていい……」

にやりと笑った天野が立ち上がり、シャツを脱ぎかけた大輔の手を止める。身体をまじまじと観察された。

「乳首はどうなの。いじられたら、即勃起《ぼっき》？　たまんないな」

勝手なことを言って、溢れ返る興奮が抑えきれないと言いたげな息をつく。指先で腹筋を撫でられ、大輔は欲情の対象になっていることに眉を歪めた。

関係を持ち始めた頃の田辺を思い出そうとして、目を伏せる。

初めこそ、気を失って目が覚めたら挿入されていたという大ハプニングだったが、その後は惰性のように関係を求められた。

男の身体を撫で回してなにが楽しいのかと不審に思うだけで、大輔はあっさりと快感に流されたのだ。当時は、うまくいかない結婚生活に悩みもあったし、嫁とのセックスレスで欲求不満だった。しかし、それだけで男とのセックスにハマるわけではない。やはり、大輔には『優しくされること』が足りなかったのだ。

べたべたに甘やかされ、幼児のようにあやされ、恥ずかしさと同時に屈辱も感じたが、深い快感に落ちてしまえば、ただひたすらに心がゆるんだ。

仕事柄いつも気を張っていて、家に帰っても、すれ違い始めた嫁の機嫌がうまく取れなくて、いっそう仕事に没頭した。妻が悪いとは思わなかったのは、男である自分が我慢すれば済むからだ。

男と女はわかりあえない。だから、どちらかが譲るしかないと大輔は思った。

そういう閉塞感の中に、田辺はするりと入り込んできたのだ。

「……くっ」

いきなり乳首を弾《はじ》かれ、驚いて後ずさる。

「嫌がる顔もたまらないんだよなぁ……」

天野の腕がシャツの内側に滑り込み、腰をくだって尻を掴まれた。そのまま、容赦なく揉《も》みしだかれる。

「このケツ、うまそうだって、ずっと思ってた。男を知ってるなんて反則だろ、大輔」

いきなり呼び捨てにされ、睨みつけたが天野は気にもとめない。当然のような顔でニヤつくばかりだ。

もうすっかり、手中に収めたつもりでいるのだろう。

大輔の身体はわなわなと震えた。肌を撫でられるたび、田辺を思い出す。長めの髪をオールバックにしてフチの細い眼鏡をかけ、仕立てのいいスーツに心地のいい香水。

笑う顔は気障《きざ》ったらしくて……、鼻につくけれど、見た目の良さには合っている。

「ずっと好きだったんだ。おまえのこと……」

田辺とは違う声に言われ、大輔はびくっと肩を揺らした。

熱っぽくささやいた天野が、ベルトに手をかける。興奮して焦っているのが、はぁはぁと繰り返される息づかいでわかり、大輔は呆然《ぼうぜん》とした。

「……俺」

ぼそりと声を出した。その足元にひざまずいた天野が、股間《こかん》へ頬ずりしてくる。

「なに、してんだっけ」

ぞぞっと背筋に悪寒が走り、バカだねと笑う田辺の顔が脳裏をよぎる。

これは裏切りじゃないかと、一瞬で思った。

大輔がこんなことをするぐらいなら、自分が死んだ方がいいと言われる気がして、それが真実だと理解できた瞬間には天野を蹴《け》り飛ばしていた。

呻《うめ》き声をあげて転がった天野の腹に、そのまま踵《かかと》をめり込ませる。

目を大きく見開いた天野の顔には、怒りと驚きと、獲物を仕留めそこなった恨めしさが浮かんでいた。大輔は捨てゼリフも忘れ、コートとジャケットを摑んだ。

部屋を飛び出て廊下を走り、エレベーターに乗る。

天野に触られた場所が嫌悪感でひりひりと痛み、大輔は顔を歪めた。衣服を整え、くちびるを嚙む。口惜しいのは、自分のふがいなさだ。

田辺には数えきれないほど抱かれてきたが、それが他の男に尻を差し出せる理由にはならないと気づいた。嫌なものはイヤだ。経験があるから我慢できるなんて、考えていたこと自体が間違いだった。

自分自身に憤りながら、振り返ることなくロビーを突っ切ってホテルを出た。

通行人もいない裏通りはわびしい。

コートの襟を立てた大輔は、ふと気づいて足を止めた。

街灯の明かりがうっすらと届く路地の向こうに、ひとりの男が見える。広い肩幅に、よれよれのコート。

よっ、と手を挙げたのは、西島だ。口に煙草《たばこ》をくわえている。白い煙が場末のホテル街に細くたなびいた。

「一発キメてきたにしては早いじゃねぇか。あと二十分したら助けに行ってやるつもりだったんだけどな」

ニヤニヤしながら言われ、大輔はコンクリートを踏みつけた。

「二十分なんて！　終わってんでしょーが！」

逆ギレして喚《わめ》くと、西島は自分の耳へと指を突っ込んだ。のんきに眉尻をさげる。

「そりゃ、おまえ、早すぎるだろ」

「そうじゃなきゃ、最中じゃないッスか！」

「それはそうだな。エグいもの見せられるところだった」

無表情に言った西島は、靴の裏で煙草の火を揉み消し、吸い殻を携帯灰皿に入れた。コートの襟を正し、大股《おおまた》に近づいてくる。大輔の肩をポンと叩いた。

「そんじゃあ、後輩の尻でも拭《ふ》いてやるかな。あっちのコインパーキングに車を停《と》めてるから、乗ってろ。俺の車、知ってるよな」

ナンバーを早口で言われてうなずくと、鍵《かぎ》を渡される。

「西島さん」

ホテルの入り口へ向かおうとしているのを呼び止める。警察手帳をちらりと見せられた。職権濫用《らんよう》で踏み込むつもりなのだ。

「あのにやけ男の驚く顔が楽しみだ」

ただでさえヤクザ顔負けにいかつい西島は、丸まった背中を揺すり、入り口へ向かっていく。いつもの癖で後を追いかけようとした大輔は、握りしめた鍵の感触で我に返った。

その場を離れ、近くにあるコインパーキングで西島のマイカーを探す。古い小型車はすぐに見つかった。

黒い車体は砂ぼこりで白っぽくなり、車内もまた、生活でもしているのかと思うほど乱雑に汚れている。口を縛ったコンビニの袋が転がり、脱ぎ捨てられたシャツが数枚折り重なっていた。

「あいっかわらずだな」

笑いながら、助手席へ乗り込んだ。今日は携帯電話も身分証も置いてきている。ジャケットの内ポケットに、生身の一万円札が入っているだけだ。

細く長い息を吐いて、西島の帰りを待つ。

いつバレてしまったのかは、考えなかった。出世から遠いと言われている西島だが、仕事熱心なのは確かだ。その中には、後輩の世話も入っている。

しかし、誰《だれ》でも同じ扱いをするわけではなかった。西島と年齢の近い刑事が言うには、気に入らなければイビリ倒して部署替えを希望させるらしい。大輔は相棒として認められているのだ。

ポリシーを持っている西島は『生涯現場』がモットーで、しかも人がやりたがらない泥くさい仕事に生き甲斐《がい》を見つけている。見込まれた大輔は不幸だと、周りの人間は噂していた。確かに出世からは遠く、足を使う西島と行動するのは、体力的にも容易じゃない。

それでも、足で稼いだ情報が確かな裏付けとなり、事件解決の糸口を見いだす。そんなことは何度もあった。ただ、それはいつも、他の部署の扱う事件だ。

三十分もしないうちに、西島は戻ってきた。パーキングへ入るなり煙草を取り出して口にくわえる。車へ近づいてきた。

「焼き鳥でも食いに行くか」

運転席へ乗り込んだ西島は、大輔から受け取った鍵でエンジンをかけた。

「いつ、気づいたんですか」

煙草に火をつけた西島は、笑って手のひらを差し出した。

「駐車場代ぐらいは持てよ」

「俺、万札しか持ってないんで……。焼き鳥、奢《おご》ります」

「仕方ねぇなぁ」

車がゆるやかに動く。そのままコインパーキングを出た。

「西島さん。どうして、あそこにいたんですか」

「いつ、気づいたかって、おまえ、さっき言っただろ」

大通りへ出た西島は自宅へ進路を取る。車を戻すためだ。

「それって、あれか。天野がよだれ垂らしそうな顔で、おまえのケツを眺めてたことか」

「なんですか、それ」

大輔は驚きもしなかった。うんざりするだけだ。

「人間、背中に目はついてねぇからな。おまえが知らなくても仕方ない。この前、話しかけられてただろ。それで、ついに粉かけられたかと思ってなぁ」

「ホテルへ入る前に止めてくださいよ」

「ホイホイついていったのは、てめぇだろ」

西島は低い声で笑う。

「一応、話はつけてきた。俺の後輩に手ぇ出すな、って言ったら、おまえもハメたんだろって言われたけど。なにの話だ。おまえ、いつから肉便器になった」

「その、言い方……」

大輔はげんなりした。窓にもたれかかって、ため息をつく。

粉をかけられた理由について、西島は本当に知らないのだろうか。いっそ、そこのところにもカマをかけてみたい気分になる。しかし、ときどき得体の知れないこの男が、うっかり口を滑らせるとも思えない。

田辺との間に肉体関係があることを知っているようでいて、知らないようでもある。お互いにはぐらかし、核心には触れないようにしているのだ。

「わりぃわりぃ。……俺に言っとくこと、あるか」

黙っているのを傷ついたと取った西島が、肩をバシバシと叩いてくる。

合わせて力任せに肩を揉まれたが、天野に感じたような接触の嫌悪感はない。

欲情のあるなしが、こんなにもストレートに感じられるものだとは知らなかった。

「ありがとうございました……」

「それじゃないだろ」

こめかみに拳をあてられ、ぐりぐりと押される。反対側の頭が冷たい窓ガラスに押し当たった。硬い感触が、心までを冷やしていく。

「……俺、刑事に向いてないんですかね」

「はぁ？　変態からケツ狙われたぐらいで、おまえ……。慣れてんだろ」

「え？」

「いや、なんでもない。天野には、勘違いだって説明しておいたからな。……ヤクザと手えぇ繋いで歩くな」

　ぼそっと言われ、天野が洗いざらいぶちまけたのだとわかった。おそらく、西島が力ずくで吐かせたに違いない。

「手を繋いだだけですよ」

「……そこじゃねぇ」

　西島は微塵《みじん》も笑わなかった。低い声で言ったきり黙り込む。

　大輔もまた口を開かない。

　田辺のことはなにも言いたくなかった。『情報提供協力者』以上のなにかを探られたくもない。西島のことは信用している。弱みにつけ込まれているのかと案じて、相談して欲しいと思っているのかもしれない。それでも、うかつには口に出せなかった。

　それだけはわかっている。

　田辺との関係には、誰も立ち入らせたくない。それが大輔の気持ちだ。

　西島の自宅近くにある焼き鳥屋へ入るまで、ふたりはいっさい会話をしなかった。

＊＊＊

「いや、だからさぁ……」

断りのメッセージを返した直後の着信に、大輔は言葉を濁す。

天野を突っぱねてからまだ三日しか経っていない。あやうく難を逃れたのに、田辺を裏切りかけた罪悪感は尾を引いていて、声を聞くといっそういたたまれなくなる。

誰にも言えない関係だが、誰かに話せばノロケていると鼻で笑われるだろう。それぐらいの仲になってしまっていると認めるのは、意外にも気恥ずかしい。

もっとドライなはずだった。少なくとも大輔は、そのつもりでいた。

考えられないような甘い喘ぎ声を出すのも、本音をうっかり漏らしてしまうのも、セックスの快感のせいだと思っていたのに。

実際はまるで違う。いまだってそうだ。牛丼を掻き込んでいたのに、田辺からのメッセージにはいち早く反応してしまった。

携帯電話の電波越しに、田辺が笑う。柔らかな息づかいに耳を傾け、大輔はなおも断る。

「俺、もうメシ食っちゃってるし。……牛丼、食ってる。え？　明日は、朝が早いから……、嫌って、そりゃ、なぁ、おまえ。嫌に決まってるだろ」

言いながら、口の中へ牛丼を押し込む。

会いたくないのかと問われたら、会いたいわけがないと答える。しかし、心は裏腹だ。

「はあ？　浮気？　そんな暇がどこにあるよ。バカだろ、おまえ」

水を飲み、額を押さえながらも、声だけは明るいトーンを保つ。浮気なんてしていない。

するつもりもない。

だけれども、天野とのあれは、一瞬でも仕方がないと覚悟を決めたことは、田辺に対してどれほど真剣だったと言えるのだろう。

そもそも、真剣である必要なんてあるのだろうかと、大輔は落ち込んだ。

刑事とヤクザだ。男同士だ。

クールでドライで、ベッドに上がっているときだけ、本当か嘘かわからないことを言う。お互いを見ているようで見ていない。そんな関係が楽だと思っていた、はずだった。

「なにもないよ。仕事がキツいだけ。いつもの……、うん」

体調を心配されて、胸の奥が熱くなる。優しい声を聞かされて、天野と間違いを犯さなくてよかったと心から思った。

こんな不確かな関係の中で、田辺に返してやれることがあるとしたら、それは『他の男には抱かれない』という約束だけだ。きっと、それぐらいしかない。

「牛丼が冷めるから。じゃあな」

名残惜しそうな田辺に別れの挨拶《あいさつ》をして、迷いなく回線を切った。なのに、大輔の心にはスキマ風が吹く。

天野とはあれから一度だけ署内で顔を合わせた。向こうは話がありそうだったが、大輔は忘れ物をした振りでさっさと背を向けた。西島からも無視しろ、逃げろと言われていたから、それに従ったまでだ。

味を感じなくなった牛丼を口の中へ押し込み、義務的に咀嚼《そしゃく》して飲み込む。会計をして店の外へ出ると、自宅の最寄り駅を取り巻く街灯がやけに明るく感じられた。

春先の寒さが、夜の空気を冷たく尖《とが》らせているせいだ。

ため息が足元に転がり、大輔はコートの襟を掻き合わせる。

寒さが身に染みて、安普請のマンションに帰るのは億劫《おっくう》だった。暖房が効くのにも、風《ふ》呂《ろ》の湯が溜《た》まるのにも時間がかかるからだ。

酒でも飲んで帰ろうと決め、繁華街へ足を向けた。

ふらりと大通りを歩く。

視界の端に、路上駐車された赤いボディがちらついた。田辺の車も赤いスポーツクーペだと思いながら何気なく見る。同じ車種だった。

「そこの、お兄さん」

道路側のドアが開いて、車越しに声をかけられた。軽い口調だ。

「寒いでしょ。乗っていかない？」

グレーのセーターに、フチの細い眼鏡。髪は後ろへ向かって撫でつけられている。

「どこへでも連れていくよ。お望みなら、天国まで」

そう言って笑った田辺は、ひらひらと指を振った。

　昔はもっと、鼻につく偉そうな笑みを見せたくせに、と思いながら、大輔は思いっきり顔をしかめた。

「カッコいいんだよ、コンチクショー」

「なに？」

　ガードレール側に回ってきた田辺が笑う。大輔は睨み据えたまま答えた。

「カッコつけ」

「すみませんねー。見た目が勝負の仕事なんでねぇ。ハッタリが効いてるだろ？」

　小首を傾げるようにして顔を覗き込まれる。

「本当のところなんて、あんたしか知らないんだから」

　腕を摑まれて軽く引っ張られる。ガードレールを素直に越えたのは寒かったからだ。助手席に乗ると、ドアは丁寧に閉められた。

「待ち伏せしてたのかよ」

　車の前を回って運転席に乗り込んだ田辺が振り向いた。

「断られると思ってなかったから。車がついちゃったんだ」

　嘘ばっかり、と思ったが、口にはしない。

　走り出す車の中で、当然のように手を握られた。

「手が冷えてる。マンションへ行く？　外で泊まる？」

「明日は早いから……」

「シャツ買ってから、ホテルにしようか」

うなずくまでもなく進路が変わる。

ホテルといってもラブホテルではない。田辺とは入ったことがなかった。

初めの頃はシティホテルが多く、いまはさらにランクが上がっている。

金を払うのは田辺だ。大輔は遠慮したが、マンションで過ごすことが増えたからこそ、たまの外泊はケチりたくないと言われた。

大輔にとってはどちらも外泊だから、壁が薄くない部屋がありがたいと思う程度だ。

もちろん、ホテルの駐車場に着いても、うっかりキスはしない。

大輔はさっさと降りて、ひとりでロビーへ向かう。フロントで鍵を受け取った田辺が先に部屋へ入り、ルームナンバーをメッセージで飛ばしてくるのを待つ。

そうやって時間差にしているのは、田辺の気遣いだ。

考えてみれば、ふたりが手を繋いでいる写真を持っていた天野が、よほど計画的だったとわかる。一ヶ月に一度か二度しか合わないふたりの、ほんの一瞬を押さえるなんて、ストーカーでもしていない限り不可能だ。

「……っ」

思い至った大輔は、大きく身震いをした。ひとりきりのエレベーターの中で、両足を踏み鳴らす。

西島から言われた『ケツを眺めていた』という言葉が急にリアルになり、ずっと狙われていたことが理解できた。裸を見た瞬間の興奮した目つきを思い出したからなおさらだ。まるで女に飢えた男のような視線だった。舐め回すように見られた瞬間には、勝手な妄想で全裸に剝がれ、とんでもない格好をさせられていたに違いない。

「あー、ぶっ殺したい」

物騒なことをつぶやきながら部屋の前に到着する。ドアを叩くと、すぐに施錠が解かれた。するりと中へ入り、ドアがちゃんと閉じたことを確かめる。

「大輔さん、もうお腹いっぱいなの？　ルームサービス、頼もうと思うけど」

田辺に問われ、大輔はちらりと視線を向けた。

「……勝手に食うから、適当に頼めば？」

水音が聞こえ、もうすでに風呂の準備がされているのだとわかった。ドアを開けて覗く。バスタブには、半分近くまで湯が溜まっている。

「先に、風呂入ってもいい？」

ドア枠にもたれて振り向く。

「溜まってるかな。寒いの？　先にあたためてあげようか」

伸びてきた手が両腕を摑み、笑った田辺に間合いを詰められた。裏切りそうになったことも忘れ、大輔は目を伏せた。

会ってしまったら、もうダメだ。

天野のことなんて頭からスコーンと抜けて、いい匂いをさせている男のことしか考えられなくなる。

「会いたくないのかと思ったけど……。違ったみたいだ」

安心したように言われ、大輔の胸はちくりと痛んだ。

「仕事で疲れてるって言っただろ。だから……、あんまり激しくするなよ。明日、つらいから」

「……それは、誰かさんがねだらなきゃいいんだよ」

「はぁ？　誰が！」

キスをして離れた田辺の胸を突き飛ばし、大輔はくるりと踵《きびす》を返す。コートを椅子《いす》の背にかけ、スーツも適当に脱ぐ。

「ルームサービス頼んだら、俺も入るから」

裸の背中に声がかかる。パンツ一枚になった大輔は、靴下を脱ぎながら答えた。

「狭くなるからヤダぁー」

笑ってふざける。

「エッチなことするからじゃないんだ？」

「その前に食い物が届くだろ。生ビールも頼んで」

言い残して、さっさとバスルームへ入る。熱めの湯に下半身を浸すと、思わず声が出た。

それから、長いため息をつく。

湯が溜まった頃、田辺が入ってきた。

向かい合って入り、やはり同じように声を出し、リラックスした息を吐く。濡れた手で髪をかきあげ、そのままバスタブのふちに肘《ひじ》をつく。眼鏡ははずしてあった。

「大輔さん。俺とこうなったこと、後悔してる？」

出し抜けに聞かれて視線をそらす。外人客を意識したバスタブは縦に長い。それでも、男がふたりで向かい合えば狭かった。

田辺の手が湯の中へ入り、大輔の足首を掴む。

「……してるに決まってる」

足の甲をさすられ、裏を指で押される。土踏まずをマッサージされながら目を閉じた。

それきり黙ってしまった田辺がなにを考えているのかはわからない。足の裏をひとしきりマッサージされた後で、頭をさげて髪を洗ってもらい、一足先にバスルームを出る。

バスローブ姿でテレビをつけた。

「後悔……か」

出会わなければよかったのか。抱かれなければよかったのか。

犯された時点で半殺しにするべきだったのかもしれない。

だけれど、どれもすべて、過去の話だ。

出会ってしまったし、抱かれてしまったし、許してしまった。

だとしたら、恋人のような関係になったことに対して、聞いているのかもしれない。

もしかして不安を感じているのかと想像して、笑い飛ばせない自分に気づく。田辺はいつも優しい。関係が続いた結果、そうなった。

それを点数稼ぎだと思ったことはないが、そうだったとしたら、田辺は報われない男だ。

大輔みたいに恋愛下手で察しの悪い相手に対しては、効果的な方法ではない。

だからといって、心に響かなかったわけでもないのが不思議だ。いつのまにか好きになって、いつのまにかふたりの時間が待ち遠しくなって……。

こんなふうに人を好きになったことはなかった。

別れた嫁とだって、そうだ。女と男として出会い、大輔は男だから、女の中から彼女を選んだ。結婚を決めた一番の理由は、家庭を持つことが人間の本分だと思っていたからだ。

そのとき、自分に好意を持ってくれていたのが彼女で、断られない確信があったからプロポーズをした。好きだったけれど、愛してはいなかったと思う。

愛しているつもりになっていただけだ。それもまた、一緒にいる女を愛するのが男として当然だったからだ。

他人は、どんなふうに恋をするのだろう。そんなことを大輔は考える。

出会った相手を好きになるのに、きっかけなんてあるのだろうか。惰性から始まり、情が生まれて、それをだいたいの確率で『愛』と呼んでいるに過ぎない。

椅子に座り、特におもしろくもないテレビを見ているうちにルームサービスが届いた。部屋の中に運び、田辺を待たずにビールを飲む。

「いま、チャイム鳴った？」

髪を濡らした田辺がバスルームから顔を出す。

「もう飲んでるの？」

「泡がなくなるだろ」

大輔の答えに肩をすくめ、田辺は一度バスルームへ戻った。バスローブを身にまとい、タオルを頭にかぶって出てくる。

グラスを持った手を掴まれ、大輔は身をよじった。

「おまえのはあっちにあるだろ。嫌だ、やらない」

田辺の腕が首筋に絡み、本当の目的はビール味のくちびるだとわかる。口の端を舐められ、そのままキスされた。

「ん……っ」

舌が絡まり、唾液《だえき》をすすられて首を振る。逃れた大輔は不機嫌な振りでグラスを呷《あお》った。

ほとんど飲み切ってから、テイクアウトの容器を開く。中華料理だ。マーボー豆腐とエビチャーハン。それから春巻き。

春巻きにかじりつくと、髪を拭いた田辺も椅子に腰かけた。

「この前も、中華料理だったのに」

大輔が言うと、

「だからだよ」

田辺が笑う。

「あんたの顔を見てたら、山椒《さんしょう》の味が恋しくなった」

「なんだよ、それ。わけわかんねぇな」

「そのうち、中華料理店を見るたびに、思い出すようになるよ」

色っぽい目を向けられ、大輔は視線をそらした。やけにドキマギしている自分を恥じながら、指先に物足りなさを感じて目を伏せる。

「どうしたの」

心配するような声の田辺に指先を握られ、大輔は振り向いた。

胸の奥がツンとして、これが恋なのかなと思う。

いつまでも一緒にいられるわけではない。それは知っている。だから、胸の奥が痛くて、考えたくない。

「嫌なことでもあったの」

「おまえ、いつからそんな話し方だっけ」

「なにが」

肩をすくめた田辺は自覚があるのだろう。はにかむような笑顔でうつむく。

優しい話し方だとは言えず、大輔も口をつぐむ。

左手で大輔の指先を摑んだ田辺は、そのまま食事をした。湯で温まった肌が、ビールグラスで冷えた指を包む。

「おまえと、兄貴分の関係って、どんな感じになってんの」

「……なにか、事件でもあったかな」

組の情勢を探っていると思ったのか、田辺が首を傾げる。

「欲しい情報があるなら、取ってくるけど。大輔さんは関《かか》わらない方がいい」

「……わかってるよ」

一度は取りこまれそうになった。田辺の兄貴分らしいスマートさだったが、それは仮の姿だ。一度でも話に乗ったら、骨の髄までしゃぶりつくされる。岩下周平はそういう怖さのある男だ。

西島からも、単独では会わないように釘《くぎ》を刺されていた。証拠こそ残っていないが、利用されて使い捨てられた刑事もいる。

「事件は関係ないけど、聞いておこうと思って」

「……別に普通だよ」

「盃、交わしてんだろ」

「そんなに仰々しいものじゃないけど、一応、そういうことになってる。俺は独立してるようなものだけど。せっせと金を運んでるよ」

「岩下は金に困ってないよな」

「ない振りするんだよ」

田辺は肩をすくめて笑い、自分の分の生ビールを差し出した。大輔が飲むのを満足そうに見つめる。

岩下には数人の舎弟がいて、たいていは独自に、違法すれすれのシノギを持っている。本人がフロント企業に稼がせる金額とはケタが違うが、組織の人間を働かせたりするのにも使っているので、いわゆる子会社のような状態だ。

大滝組の二次、三次団体の中には遊んでいるだけのゴロツキを飼っている組もあるが、大滝組の事務所に出入りしている人間はたいがいなんらかの仕事についている。

それが違法行為でさえなければ、更生プログラムとしては完璧《かんぺき》なのだが、結局はヤクザだ。彼らは『トカゲのしっぽ』要員であり、警察の検挙があったときには率先して捕まる。

そして、たいがいのことは闇の中だ。

田辺の投資詐欺にしても、数回、そんなことがあった。

「俺とのことがバレたら、どうなる」

大輔が言うと、田辺の眉間《みけん》にシワが寄った。

「そんなことは、大輔さんが気にすることじゃない」

「……そうはいかないだろ」

「かならず、逃がすから」

「俺の身代わりでもいるのかよ」

吐き捨てるように言うと、田辺は手にしていた箸《はし》を置いた。

「いないよ」

「どうだかなー。伊達《だて》男の舎弟だもんなぁ。いざとなったら言い逃れできるように、男の愛人とかいるんじゃねぇの」

「いたら、ヤキモチやいてくれる？」

「やくわけねぇだろ」

ぷいっとそっぽを向くと、田辺の手のひらが頬に押し当たった。ゆっくりと元へ戻される。

「俺とあの人は、動く場所が違うから。よっぽどのことがない限りは、咎《とが》められない」

「だけど、俺があっちのテリトリーに入ることはあるだろう。そっか、おまえはいないからいいのか」

田辺のテリトリーは投資詐欺で、岩下のテリトリーは主に組関係とデートクラブだ。二つが混じり合った事件でもない限り、田辺が巻き込まれることはない。

「あの人はシノギから手を引き始めてる。デートクラブ関係なら岡村《おかむら》が担当だ。ツレだから、なにかあれば、協力できるとは思うけど……。あいつも、人が悪いからな」

「おまえより？」

「俺のツレなんだから、お察しってところだろ」

「じゃあ、めちゃくちゃ悪人だ。あと、いやらしそう」

「それは否定しない」

ニヤニヤ笑った田辺にチュッとキスされて、大輔の身体は傾いでしまう。くちびるを追いかけてしまい、バツの悪い気分でいるところを狙われる。またキスされた。

「もう欲しいの……？　する？」

「べつに。まだ、いい。岩下のデートクラブが摘発されることはないだろ。うちのお偉いさんも顧客だって、本当？」

「噂があるぐらいなら、本当だろう。どんな趣味か、聞いておこうか。まぁ、だいたい人に言えない性癖だから……、未成年の男相手のＳＭとかかな。あぁ、殴られる方ね」

「え……」

「あれは人に言える趣味じゃないな……。昔、見学で乱交パーティーに連れていかれたけど、政治家の『そっくりさん』が、大学生にヒールで踏まれてた。踵が、ケツの穴にめり込んでたから……」

「エグイ。……それ、本人だろ」

「そっくりってことにしておいてあげて」

「おまえも、そういうの、行くんだな」

「昔って言っただろ」

「先月だって『昔』だ」

「なにが言いたいんだよ」

「俺と会ってない間って、どうやって処理してんの」

「そっくりそのまま返すよ」

「返すな」

「聞きたい」

「俺が聞いたんだっつーの！」

力任せに肩を叩くと、田辺はわざと大げさに痛がる。

「浮気はしてない」

「じゃあ、仕事では」

問い詰めながら、雲行きがあやしくなってきたと思う。これではまるでヤキモチをやいているみたいだ。

大輔から詰問されている田辺は、形のいい眉をひそめた。

「どこまでがセーフで、どこまでがアウト？　キスはしてるけど、挿入はない」

「キス、してんだ……」

「どうしても、ってときが」

「山の手の奥さまを、だまくらかしてるんだろ？　おまえが出張る必要ないって、俺、知ってんだけど」

「そこまで知ってるなら、必要性もわかってるんじゃないの」

わかっている。それは確かに。

田辺の投資詐欺は、金持ちのご婦人方を対象にすることが多く、そのコミュニティの最上部にいる人妻を陥落させることが必須《ひっす》だ。田辺の役回りは単なる仲介人で、架空の投資会社は別の人間たちが動かしている。

だから詐欺だと発覚しても、田辺の名前が出ることはない。

田辺に頼まれて友人に投資を勧めた女が、自分の男を売ることはけっしてないからだ。

「プラトニックな方が、いいこともある」

ふっと微笑む田辺は、男の大輔から見ても色っぽい。猥雑《わいざつ》さのない性的な匂いは、しっとりと湿っている。それを感じ取ってしまうのが、肉体関係があるせいなのか、どうなのか。大輔にはもうわからない。

自分との深みにハマってから、田辺の男振りがあがったとは考えなかった。元から気障な優男だ。

「人妻を騙《だま》してると、あんたを思い出して嫌になるときがある」

田辺がひっそりと言い、大輔は目を泳がせる。

「男とヤるのがイヤなら……」

「そうじゃなくて。あんたが女とこういうことしてたら、その相手を許せそうになくて」

「……俺じゃないのか」

「無理デショ」

田辺は食事を続けながら、軽い口調で言う。

「大輔さんを叱《しか》るなんてできない」

言葉は甘い響きを持ち、大輔は思わずブルッと震えた。

甘やかされるときのせつない感じが甦って、腰のあたりがムズムズと落ち着かなくなる。

「早く、開幕しねぇかな。野球」

意味もなくチャンネルを変え、ぐびぐびとビールを飲む。ちらりと振り向いた田辺が静かに笑う。

「大輔さん。今年は、観戦デートしようか。内野席でビールとか飲んで」

「本気かよ」

「それぐらい、いいんじゃない？」

いいかどうかは知らない。しかし、想像すると妙に嬉しくて、大輔はビールのグラスを置いて立ち上がった。

「眠くなった……。寝る」

「髪、乾かしてからだよ」

田辺に手首を摑まれた。


髪を乾かしてもらい、鏡の前に田辺を残してベッドへ潜り込んだ。待ち構えているように思われたくはないから、ぞろりとした寝間着をきっちり着た。

ついたままのテレビではニュースが終わり、賑《にぎ》やかな音楽が流れ始める。そこへ、かすかに聞こえるドライヤーの音がかぶさった。

どちらを聞くでもなくぼんやりしているうちに、ウトウトとまどろみへ落ちていく。

「もう寝た？」

背中側の布団が持ち上がり、田辺が入ってきた。足先が触れる。大輔のスネにはしっかり毛が生えているが、体毛の薄い田辺は控えめだ。こすれあっても、複雑に絡まり合うことはない。

それなりに気持ちのいい感触だ。

人肌のぬくもりを感じ、大輔は身体に回る手を押さえた。

「……あや」

寝返りを打って仰向けになると、寝間着の裾が引き上げられる。

「あや……」

もう一度呼んで目を開くと、すでに裸になった田辺の顔が間近にあった。いつもは撫でつけられている髪がおりていて、少しだけ若く見える。

「はい」

小声で返事をされ、短いキスが頬に当たる。髪を指先で分けられ、額にもキスされた。

「してもいい？」

「しなくてもいい……」

「したい」

田辺の指が腹を撫で、胸へとのぼっていく。天野に触られたときはあれほどおぞけ立ったのに、田辺に触れられて感じる震えはまったく別のものだ。

首筋にしがみつきたくなるのを我慢していると、田辺が覆いかぶさってきた。

「んっ……ん」

乳首を舐められ、下着を脱がされる。大輔は布団を足ではねのけ、寝間着を脱ぐ。床へ落としていく。

「おまえ、いつのまに……」

田辺の股間をまじまじと見て、ため息をつく。そこはもう硬く反り返っていた。

「やらしい呼び方するから」

「普通だっただろ」

「かわいくて、やらしかった」

「おっさんを捕まえて、よく言うよ」

「……知るか」

笑った田辺の息が鎖骨に当たり、抱き寄せられた肌にくちびるが這う。片手で股間をしごかれ、大輔の息はすぐに乱れた。

「……ゴム、つけて」

「大輔さんはいいんじゃない？」

セミダブルのベッドが並んだツインルームだ。シーツが汚れても、眠るには困らない。

「おまえはつけろよ。俺は、明日……」

「仕事なんだろ。わかってる。また、旅行に行きたいな。溢れるぐらい、中出ししたい」

「……バカか」

あきれた素振りで罵《ののし》ってみたが、想像した身体は確かな反応を示し、田辺の手に包まれた大輔の分身が太さを増す。

「ねぇ、大輔さん。俺とあんたは立場が違うけど、困ったり、悲しくなったりしたら、俺を呼んで」

「……え？」

ゆっくりと股間をこすられる気持ちよさに浸っていた大輔は、目をしばたたかせた。くちびるが重なり、ねっとりとキスされる。

舌が絡まり、濡れた感触に目眩《めまい》が起こる。手を田辺の首筋に添わせ、大輔は自分からもディープなキスを仕掛けた。

「んっ、んっ……。舐め、て……」

言い終わるより早く、田辺が先端をくわえる。熱い粘膜に包まれ、浅い息が漏れた。

「ふ、はっ……ぁ。んっ……」

先端をべとべとに濡らされ、頼むまでもなく根元まで口に含まれた。よく動く舌が幹に絡みつき、頭が上下に動くと、裏筋を刺激される。

「んっ……ん。きも、ち……ぃ」

いやらしいフェラチオの音が部屋に響き、つけたままのテレビから聞こえる声がそらぞらしい。大輔はベッドに仰臥《ぎょうが》して、田辺がしてくれる丹念な愛撫に身を委ねた。

快感はじっくりと積み上がっていき、浅い息を繰り返す大輔は身を起こす。奉仕している田辺を見た。男の口にはテラテラ光る肉の棒が突き刺さり、見えたり隠れたりを繰り返す。自分のモノをくわえているのだと思うと、そのいやらしさにたまらなくなる。

「あっ……はぁ、ぁッ……」

「イキそう？　イク？」

口を離した田辺が手で強くしごいた。たまらずに腰を浮かせると、前後運動が止められなくなってしまう。

「こんなにパンパンにして……、自慰のやり方ぐらい知ってるくせに」

意地悪く言われ、大輔はくちびるを噛んだ。

「してみようか」

手を引かれ、自分のモノを摑むように促される。

「大輔さん、して見せて」

しごくところを見せるのは初めてではない。だけれど、何度しても恥ずかしくなる。

「最後はしてあげるから……ね？」

甘い口調で言った田辺の指が足の間に忍び込む。どこからともなく取り出されたローションが運ばれ、指先が奥地を撫で回し始めた。

その刺激に、大輔は顔をしかめる。田辺のもう片方の指が、自分のモノを握る大輔の手に重なった。上下に動かすように促され、快感が背筋を走った瞬間、つぷりと指先がすぼまりを突いた。

「んっ……」

「もっとしごいて。気持ちよくならないと、大輔さんのここ、柔らかくならないから。……早く、中に入りたい」

真剣な声で言われ、立てた両膝《りょうひざ》を左右に開かれる。指はなおも沼地を探り、指が出入りするたびに、男の節くれがすぼまりに引っかかる。

「あっ、あぁっ……」

「かわいい声……」

そうささやかれると、声が出しづらくなる。わかっていてからかってくる田辺が男っぽい顔で微笑む。

欲情がチラチラと見えて、大輔は自分のモノを強くしごいた。

声をこらえる代わりに、刺激を求める。

「う、しろ……」

「うん。ほぐれてきてる。もう二本入ってる。もっと太いのが欲しいって、濡れたみたいになってるよ」

「ぬ、濡れねぇ、よ……」

「本当かな。こんなビショビショになって」

「言う、な……っ。あ、ぁッん……」

ぐいぐいと奥を探られ、大輔の身体は田辺の逞《たくま》しさを思い出す。

指なんかじゃイヤだと言ってしまいそうで、くちびるを強く噛んだ。

「出して、いいよ」

性器を摑んでいた手が剝がされ、田辺の息が先端にかかった。と同時に、根元から強くしごかれる。後ろもいじられたら、ひとたまりもない。あちらもこちらも快感で責められ、大輔は大きく息を吸い込んだ。

ふるふると腰が震え、やがて、出口を求める欲望の迸《ほとばし》りが止められなくなる。

「い、いく……ッ」

訴えると、田辺がすかさず先端をくわえる。脈打つ幹をリズミカルにこすられ、大輔の息は喉で小さな悲鳴になる。

吐き出すときの小爆発のような衝撃に息が乱れ、理性が揺らぐ。田辺の指が奥を突き、腰が浮き上がってしまう。

「……飲むなよ……」

ふと気づき、大輔は眉をひそめた。

「ごめん」

笑った田辺がティッシュで口元を拭う。

「濃かった」

「言わなくていい、から……」

睨みつける気力もなく、かといって、その先を急《せ》かす勇気もない。しかし、田辺はすぐに戻ってきて、大輔の足の間に身体を落ち着けた。

「ほら、足を持って」

膝裏を持ち上げられ、身体の方へと押しつけられる。初めはつらかった姿勢も股関節が慣れてきたらしく、それほどの苦痛はない。ただ、恥ずかしさは変わらない。

「いい子だね、大輔さん。自分のあんよ、ちゃんと持ってて……」

赤ちゃんに対するような口調が嫌だと訴える暇はなかった。いつもそうだ。ムッとしている間にあてがわれ、ぐぐっと体重がかかる。

「んっ……」

大輔が身をよじると、猛った田辺の先端がはずれた。

「大輔さん」

呼びかける声に真剣な響きが混じる。嫌がったと思ったのなら、本当は真逆だ。挿入の衝撃を思い出し、怯えと期待が入り混じる。

気持ちよくなることは、もう嫌というほど知っていた。

「あっ……ぁ……ぅ」

膨らんだ先端にこじ開けられ、内壁がこすられる。ずずっと入ってくる男性器で、穴は最大限に押し開かれた。

「ゆっくり動くから……」

冷静を装った田辺が、欲望を抑えていることは表情でわかる。

目つきは爛々としているのに、それを知られまいと浮かべる薄い笑みが凶悪だ。

自分を支配する男の表情を目で追い、大輔は膝をいっそう強く抱き寄せた。腰が上がり、田辺が動きやすくなる。

「気持ちよくしてあげるから。……大輔さん」

柔らかな動きで腰を揺すられ、差し込まれた肉杭《にくくい》で内壁が小刻みにこすられる。

じわじわと滲み出る快感が大輔を襲い、息がさらに乱れていく。

「あや……っ」

「そんな声……。人の気も知らないで……」

田辺の動きが少しずつ大きくなる。リズミカルに責められ、大輔は自分の膝を手離した。

「……はや、いの……むりっ」

手をベッドへ投げ出して、摑まるものを探す。

「……んなこと言っても……」

田辺が眉をひそめた。

「動きたい……んだけど……」

「ゆっく、り、が……いぃ……」

「マジかよ」

深い息を吐き出し、田辺が奥歯を噛む。

かすかに揺らされる程度になると、落ち着いて息ができた。大輔は目の前の肩へと腕を伸ばして摑まった。

「あや……、あや……ッ」

緩やかに動く田辺は、太い杭をゆっくりと奥まで差し込もうとする。抜き差しの苦しさをやり過ごしながら、大輔は小さな声で喘いだ。身体が慣れてくるのを待つ間にも、柔らかな快感はたゆたうように押し寄せてくる。

「大輔、さん……っ」

田辺が切羽詰まった声を出し、いきなり両手で肩を押さえつけられた。

「中、すごいよ……。自分ではわからないだろ？　すごく吸いついている。このまま、出ちゃいそう」

「だ、め……っ」

「ダメなの？」

至近距離で顔を覗き込まれてコクコクとうなずく。

「じゃあ、いっぱい突いてもいい？」

そのままうなずき続けると、田辺がずるりと腰を引いた。

「抜かない」

短く息を吐き出して笑い、もう一度、じわじわと奥まで入ってくる。

「あ、あぁ……っ」

ぞわぞわと広がる快感に翻弄《ほんろう》され、大輔は自分のくちびるに手の甲を押し当てた。背中を反らして、身をよじる。

「やらしい顔。気持ちよくて仕方ないの？」

「あっ！」

ぐんっと突き上げられ、身体が逃げる。しかし、すかさず抱き寄せられた。

「逃げたら、気持ちよくならないだろ？　ちゃんと掴まってて。今夜は一回だけしかできないんだから、一緒に気持ちよくなろう？」

「んっ、んっ……あっ、あぁッ！」

「大輔さん。まだ飛んじゃダメだ」

あごを掴まれ、顔を覗き込まれる。

「むりっ……」

「無理じゃない」

そう言った田辺が激しく腰を使い始める。乱れた息遣いが大輔の耳朶《じだ》を犯し、倒錯的な気分が高まっていく。

犯されているという事実よりも、感じているという現実が大輔の全身を駆け巡り、それが田辺とのセックスだと思うと、もうたまらなかった。

全身がしっとりと汗をかき、突き上げられる激しさに身悶《みもだ》えながらしがみつく。

「あっ、あっ……きもち、いっ……、あやっ……んっ、んっ」

前立腺《ぜんりつせん》が刺激され、やがて身体中が甘い緊張を孕《はら》んでいく。

「い、く……いくっ。いっちゃ、……」

自分でもなにを言っているのかわからなくなりながら、腰を揺らめかせた。田辺の身体に押しつけていく。

「まだ、ダメだ。待ってて……」

息をひそめた田辺がさらに腰を振る。一緒に飛ぼうと誘われ、大輔は奥歯を噛んだ。

こらえればこらえるほど、快感は強くなる。

もうダメだと、何度も思った。腰あたりから震えが生まれ、痙攣《けいれん》しそうになって気を引き締め直す。

「いい子だね。気持ちよくて、おかしくなりそう？　俺もだ、大輔さん。あんたの中がよくて、あんたの中だから……。もう、溶けそう」

「んっ、んっ」

「い、きたい……っ」

ぎゅっとしがみつき、大輔は自分から腰を揺すった。その瞬間、田辺が小さく叫んだ。

「大輔さん、ゴム、忘れてた……ごめん」

ちょっと待ってと腰を引かれかけ、思わず足を絡めた。

抜く動きだけでも、もうダメだ。わなわなと震えながら、田辺の肩に頬をすり寄せる。

「だ、して……いい、から……。もぅ、イキたい……ッ。あぁっ、ああっ……」

叫んだ大輔を押しつぶすように、田辺が腰を打ちつける。ラストスパートの激しさに翻弄され、恥ずかしい音が部屋に響いても、卑猥《ひわい》さは快楽のスパイスになるだけだ。

「いく、いくっ……。んー……っ」

身悶えて声をあげる大輔の耳元で、田辺も最後の喘ぎを漏らす。

身体の奥で熱が弾け、押しつけられた腰は射精に合わせて小刻みに震えた。

「はぁっ、はぁっ……」

どちらからともなく息が乱れ、だるさが全身を支配する。

終わったあとの田辺が身を引くのはいつも早い。男の身体で折り重なっていると、大輔の負担になると思うからなのだろう。

もう少しくっついていてもいいと思っても、大輔からは言えない。

淡い寂しさが尾を引いて、身体がわずかにすり寄ってしまう。

「また、ちょっと出てるね……」

言われながら掴まれた大輔のモノは、半勃《はんだ》ちのままだ。先端からとろりとこぼれた精液が、下腹を濡らしていた。

「出すの、手伝おうか」

起き上がる身体を支えられ、大輔は無言で首を振った。大輔の先端のことではなく、田辺が中に放った精液の話に変わっている。

「やれるから、いい」

射精の瞬間、田辺が身を引いたのはわかっていた。できる限り浅いところで射精しようとしたのだろう。それなら、出すのはそれほど難しくない。

大輔はよろけながらベッドを下りた。

「ひとりにされたくないな」

バスルームの入り口で田辺に腕を掴まれ、バスタブへ引きずり込まれる。シャワーカーテンを引いた中で、抱き寄せられた。

くちびるが重なる。

「好きだよ。……すごく気持ちよかった」

「ん……」

大輔は軽くうなずく。田辺はそれ以上の言葉を求めない。

そっと首筋を撫でられた。

「……出てきた」

田辺に掴まりながら、大輔はぼそりと申告する。浅い場所で出された精液が内太ももを伝って落ちる。

「わざとじゃないから」

「ゴム？　まぁ、いいよ……」

シャワーを調整する田辺の背中に指先をちょんと押し当て、大輔は振り向くのを待つ。

「どうしたの？　甘えてるの？」

どこか嬉しそうな田辺の笑顔が眩しくて、顔をしかめる。この男を裏切りたくない。それはつまり、愛想を尽かされたくない気持ちの裏返しだった。

3

朝までホテルで過ごし、田辺の腕の重みで目が覚めるのは悪い気分ではない。

酔っぱらってうっかりベッドインした翌朝のような、二日酔い混じりの虚無感はまるでなく、腕を突き上げて伸びを取ると、寝ぼけた田辺の足が絡んでくる。大輔は笑いながら逃げ出した。

ギリギリまで寝ていたから、部屋に備え付けられたコーヒーも断って身支度をする。

ホテルへ向かう道すがらで買ったシャツに袖を通し、田辺がかけておいてくれたスーツを着た。

次はいつと、そんなことは約束しない。

だから、枕《まくら》を抱きしめて眠っている男の髪にキスしてから出かけたいと思う。実行に移せたことは一度もなく、大輔は視線だけ投げて靴を履いた。

「いってらっしゃい。また、メッセージ飛ばすから」

田辺が薄く目を開く。その男っぽさに素早く背を向けた大輔は、

「おう」

とだけ答えて部屋を出た。
田辺は女じゃないから、優しくなんてしなくていい。
楽だと思う一方で、言葉にできない物足りなさを感じてしまう。優しくされているから
でもなく、ただ、自発的に、愛情のある言葉をかけてみたくなるのだ。
好きだとか、愛しているとか、そんな言葉じゃない。
連絡を待っているとか、明日も会えたらいいのにとか、そういうことだ。口にしたなら、
田辺は喜ぶだろう。
いい気分にさせてやりたいと考えながら、エレベーターに乗る。
身体を自由に扱わせることは、田辺だけに許している特権だ。しかし、許可を与えてい
ることが大輔の気持ちを満たす優越感にはならない。
もう少し特別なことをしたいと思うのは、自己満足を得るためでもある。
純粋に、田辺のためだけにできること。それは考えるほどに答えの出ない難問だ。
結局は、セックスしか思いつかない。
ホテルを出た大輔はタクシーで駅まで行き、通勤ラッシュが本格化する前の電車に乗り
換えた。
まだ寒さの残る風に肩をすくめて署内に入り、部署へ向かう。ドアの前で立ち話をして
いた同僚が、大輔を見つけるなり軽く手を挙げた。招き寄せられる。

「薬物課の刑事がひとり、飛んだらしい」

耳打ちするように告げられ、大輔は眉をひそめた。

「無断欠勤が続いてたらしいんだけど……」

刑事の名前や詳しい話は先輩たちが知っていると言われ、大輔は部署の中へ入った。西島の席は大輔の隣だ。一直線に向かっていくと、西島は同期の男と膝をつき合わせるように話し込んでいた。

「おはようございます。なにの騒ぎなんですか」

早朝出勤の理由はこれだったのかと、大輔は身構えた。部署内にはただならぬ気配が漂っている。

西島の同期の刑事が大輔に向かって手を挙げ、椅子を勧めてくる。大輔は会釈をしながら、自分のデスクの椅子を引いた。

「廊下で、ちょっと聞いたんですけど……。確かなんですか」

「詳しいことはこれからだ。今日は上からの説明がある。……飛んだのは天野だ」

険しい顔をした西島が自分の膝を叩く。同期の男が、無精ひげをこすりながら続きを口にした。

「ヤクの横流しに加担してるんじゃないかって、前から監査に目をつけられていたらしい。内偵が入ってたって話だ。飛んだっていっても、身体からヤクが抜けたら姿を現すつもりだろ」

「本人も使ってるってことですか」

当たり前のことを聞いてしまった。

薬物課の刑事が中毒になるのは、珍しい話ではない。ブツかどうかを確かめるために少量舐めるだけでも、入り口になる。

「金のためだけとは思えないな」

西島の目が、大輔に向く。天野との一件は誰にも言うなと、視線で釘を刺された。


落ち着かない一日が過ぎ、西島といつもの焼き鳥屋に入った。

精神的な疲労を引きずりながら奥の席につく。西島は中ジョッキの生ビールを立て続けに三杯も飲んだ。朝からずっと機嫌が悪い。

部長からの説明によると、『薬物課のある刑事に汚職の嫌疑がかかっている』という話だ。加えて、緘口令《かんこうれい》が敷かれた。

しかし、すでに情報はマスコミに漏れていた。

署だけではなく、どこで番号を入手するのか、部署の直通電話にまで、雑誌記者の取材攻勢があり、そういった意味でも落ち着かない一日になった。

マスコミはまだ、薬物課の刑事だということも摑んでおらず、どこの誰がどんな汚職をしているのかと躍起になって探っている。

「今日は、会わないのか」

荒々しくジョッキを置いた西島の声色は、意外にも、いつもの通りだった。苛立《いらだ》ちは感じられるが、いかつさに慣れている大輔に恐怖心はない。

しかし、田辺のことを持ち出されて驚いた。

昨日の夜は一緒だったなんて、言えるはずがない。知られてもいいのだが、ただの情報提供者ではなくなった後ろめたさが先に立つから、黙ってしまう。

たわいもない話をしながらの食事があらかた終わり、どちらからともなく、明日も仕事だからと席を立つ。

「そんなに頻繁に会う必要ないし」

会計を済ませた西島からキリのいい数字を告げられ、割り勘分を支払った大輔は、財布をポケットに押し込みながらドギマギと視線を泳がせた。

「昨日は一緒だったんだろう」

外へ出た西島にさらりと言われ、大輔はのけぞった。半歩さがる。

「ストーカー……？」

冗談を言って切り抜けようとしたが、道端で立ち止まった西島にギロリと睨まれる。

「バカか。俺は心配して言ってんだよ。……天野が飛んだのは、監査部の失態だ」

声をひそめた西島がコートの襟を立てた。男くさい顔が近づいてきて、大輔は視線をそらした。

「それと、俺と、なにの関係が……。田辺とのことで内偵でも入るって言うんですか」

「そうじゃなくて、だな。天野は金に困って、薬の転売にまで手を染めてたんだ。飛ぶような資金はない」

「詳しいんですね」

「うっせぇよ」

西島は情報通だ。おそらく、署内の別部署にも情報網を持っている。

「俺の友達《ダチ》が偉いんだ。だから、情報が入ってくるんだよ。……天野が見つかるまで、おまえはひとりにならない方がいい」

真剣な顔で言われ、西島の本気を悟る。しかし、聞かずにはいられなかった。

「だから、なんで……」

「天野の自宅の壁中に、おまえの写真が貼《は》ってあった」

「は？」

西島が口にすると、まるで仕事の伝達事項だ。『おまえの』という部分を聞き流しかけてしまい、素《す》っ頓狂《とんきょう》に声が裏返る。西島は嫌悪感たっぷりに目元を歪めた。

「あいつな、アタマ、おかしくなってんだよ。気持ち悪いだろ？　だから、言わないつもりでいたんだけど……。どこ行くんだ」

「いや、吐き気が」

好かれているなんてものではなかったと知るのは、気色が悪い。西島の表情から察するに、壁に写真が貼ってあっただけじゃないこともわかる。言わないでくれていることはありがたいが、ラブホテルの部屋で向かい合った記憶が生々しく甦る。

成り行きに任せていたら、いったい、どうなったのか。天野が転売していた薬を使われていたかもしれない。考えた瞬間に、胃の中のものがあがってくる。

「……行ってこい」

追い払われるようにして裏路地へ入った。

狭く汚れた路地は、コンクリートに生ごみの匂いが染みついている。

我慢しきれずに嘔吐《おうと》して、大輔は酸っぱさに顔をしかめた。

ひとりにならない方がいい、と言った西島の言葉を思い出し、天野がまだ自分に固執しているのかと考えると気鬱《きうつ》になる。

逃げているのも、薬を抜くためだけではない可能性が考えられた。今夜、田辺と会うのなら、ひとりでいるよりは安全だと西島は考えているのだ。天野は、捕まる前に想いを遂げようとしているのかもしれない額を押さえた大輔は、いっそ西島の家に泊めてもらおうと考えた。一番、安全だ。そして、田辺を心配させずに済む。

表へ戻ろうと踵を返したのと同時に、路地の闇の中から突如、猫のダミ声が響いた。びくっとしながら振り向いた大輔は身構えた。

猫だと思ったのは、男の放つ唸《うな》り声だった。息をするたびに、喉から引きつれた音が絞り出されている。

それが天野だと気づくのに時間がかかったのは、たった数日で驚くほど人相が変わっていたからだ。

すでに正気は失われ、死んだ魚のような目は焦点が合っていない。開きっぱなしのくちびるの端から糸を引くようにダラダラとよだれが垂れている。

「あぁ、大輔……俺の、大輔」

うっとりと繰り返す声に、大輔はおぞけ立った。

地獄から聞こえる呻きがあるなら、この声だ。不安定に震え続け、聞いている方がどうにかなってしまいそうに気味が悪い。

「天野……」

声を発すると理性が戻る。触りたくもなかったが、刑事の条件反射で手が出た。それと同時に、天野の身体が後ろへ引き倒され、見知らぬ男たちが飛び出してくる。

とっさに西島を呼んだが、抵抗する間もなく顔面を殴られ、脇腹に激痛を感じた。身体が意志とは無関係に跳ねる。服越しに、スタンガンを押しつけられたのだ。

バチバチッと響いた音に、西島の怒鳴り声がかぶさり、大輔に渡すつもりだったのだろうペットボトルが宙を切る。

しかし、それは誰にも当たらなかった。引きずられる大輔の鼻先すれすれをかすめ、コンクリートの上に転がり落ちる。あとはよくわからなかった。

男のひとりが天野を蹴りつけるようにして西島へぶつけたのが見えた。

数人の男に拘束された大輔の身体は仰向けに引きずられ、抱えられていない片方の足から靴が脱げる。あっという間にバンの後ろから荷台へ押し込まれ、もう一発、スタンガンが押しあてられて悶絶《もんぜつ》する。

髪を摑まれ、視界が奪われた。布袋をかぶせられたのだ。それから手足が縛られる。

その手早さは犯罪のプロだった。

＊＊＊

「こっちは、明日中にクローズしてくれ」

隠語ばかりで書かれた書類を指差し、田辺は煙草に火をつけた。

家具付きのレンタル事務所はこじゃれている。

デスクは十数個あり、そのどれもが就業時間まで使われているように見えるが、実際には三人だけのオフィスだった。

クローズを指示したのは、数ヶ月続けてきた投資詐欺の案件で、表面上はまだまだ稼げるように見える。

部下もそう思っているようだったが、田辺の決定に文句はつけない。機会損失がいくらになろうとも、摘発されるよりはよっぽどマシだと知っているからだ。

「全員、ブラックリスト入りさせとけ」

命じた田辺は、ため息を飲み込んだ。

この案件の悪いところは、詐欺を仕掛けたメンバーだ。金にガメつくてスマートじゃない。利を焦り、短時間でかき集めようとするやり方は、将来的に見れば大失敗だ。

振り込め詐欺とは違い、田辺が仕掛ける詐欺は漁場として長持ちする。一度仕掛けたら引いて、また時期を見て再開するのだ。

こういうとき、ヤクザはつらい。上納金のことを考えれば、休みなく働き続けるしかない。とはいえ、それも固執のひとつだ。上納金のためだからと機会を見誤れば、身の破滅になりかねない。

なにか別のシノギを考えなければと思いながら、田辺は煙草をふかした。

もっと犯罪性の低いシノギなら、大輔との時間も増やせるだろうかと、思案はいつも同じ場所へ行きつく。

田辺が大滝組の一員である限り、ふたりは『協力者』という関係から抜け出せない。いままでは、それがありがたかった。大輔に大義名分を与えることができ、感情の隠れ蓑にもなっていた。

「田辺さん、そろそろって考えてます？」

別のデスクから声がかかる。三十代半ばで、弁護士の資格も持っている法務担当の男だ。

「休みが欲しいよな」

笑って答え、それ以上は言わずに奥の部屋へ入った。

スーツのポケットに入れた携帯電話が震え出し、着信の相手を確かめて回線を繋ぐ。偽名で登録してあるが、大輔の先輩・西島の番号だ。

めったにかかってくることのない相手だが、珍しいことに二日連続の着信だった。

出るなり、遅いと怒鳴りつけられる。

物静かに怒る上司しか知らない田辺にとって、体育会系というか、粗暴を丸出しにしたヤクザもどきの刑事はめんどくさい相手だ。はっきり言って、好まない。

「こっちだって仕事してるんですよ」

『余裕かましてんなよ！』

電話の向こうにサイレンの音が聞こえる。

「三宅さんは？」

とっさに聞いた。田辺の頭の中は、いつでも大輔が最優先だ。

それでなくても、同じ署内の刑事にストーカーされていることを聞いたばかりだ。外が暗いうちは目を離すなと言われ、探し回って確保した。

今日はさすがに依頼されないと思っていたが、問題が発生したのかもしれず、田辺は身構えた。

『おまえ、いまから出てこい。横浜にいるんだろ。どこでも車を回す』

西島の偉そうな物言いに、田辺も気色ばむ。

「なにがあったのか、説明ぐらいしろよ」

『大輔が連れていかれた』

「はぁっ？」

思いっきり叫んだ田辺の声をまともに聞いてしまった西島が、電話の向こうで怒り狂う。

『ストーカーしてた男の代わりに、連れていかれたんだ！　今日、変態パーティーやってるだろ』

「マジかよ……。なんで、そんなことに」

電話しながらロングコートを引っ摑んだ田辺は、部屋を飛び出す前に深呼吸を繰り返した。『変態パーティー』と西島は言った。

その内容を、田辺は知っている。

好事家を集めて行われる秘密パーティーだ。内容はもちろん淫雑に決まっていた。

『ストーカーが自分のやらかしたことと引き換えに、あいつを売ったんだ。現役刑事を使ったレイプショーだって……。ふざけんなよ』

「俺に言うな」

『てめぇのアニキがやり始めたことだろ』

そこを突かれると痛い。

確かに、ちょっとしたブームを作ったのは岩下だ。人が集まるとわかると、似たようなことを始める組織が現れ、岩下は主催でなくても客の仲介で関わるようになっていた。

『助けに行ってやってくれ』

西島から唸るように頼まれ、田辺は部屋を出た。電話を繋いだまま、部下に「帰る」と告げる。

『できるのか、できないのか』

答えを迫る西島は、答え次第では警察《なかま》を動かすつもりでいるのだろう。

オフィスを出た田辺は、エレベーターホールで小さく息を吸い込んだ。

「聞かれるまでもない」

警察が踏み込む事態になれば、大輔はもう立ち直れない。

ショーの開始には間に合わないからだ。助け出されたとしても、それが最中だったら最悪だ。少しでも早く動くために、西島は電話をしてきた。

後輩の将来を考え、自分も裏方でフォローする気でいる。

『おまえと大輔の仲は、これからも、俺が守る。絶対にだ。約束する』

西島の低い声はまるで地鳴りのようだ。そして祈るようにも聞こえた。

助け出せたとしても心に傷は残る。それも含めて、大輔を助けてくれと、西島は頼んでいるのだ。田辺はそう解釈した。

ヤクザよりもよっぽど義兄弟みたいだと思いながら、合流場所を相談して電話を切る。

西島の言葉は信用していない。ふたりの仲を認めて守るなんて、この場限りの餌《えさ》だろう。

しかし、大輔のためなら、なにがどうでも、田辺はかまわなかった。

手遅れであったとしても、救い出すのは自分でなければダメだと思う。

エレベーターに乗ってロビーまで下り、すぐに岡村へ電話した。呼び出し音が聞こえるばかりで、まったく繋がらない。

何度もかけ直したが、呼び出しの電子音が虚《むな》しく繰り返されるばかりだ。

「おちつけ、おちつけ」

自分自身に言い聞かせ、胸を拳で叩いた。

焼けつくような痛みを覚え、同じ想いを大輔にさせるのかと思うと、怒りと恐怖が入り混じる。どうしようもない腹立たしさで胸がコゲつくようだ。

いっそ岩下に連絡を入れようかと思ったが、それはできなかった。頼りになる男だが、自分から弱みを見せていい関係ではない。無能を晒《さら》せば、あとが危険になる。

助け出してもらっても、ふたりして弱みを握られ、暇つぶしのオモチャにされかねない。レイプショーに出されるよりはマシかと考え、やっぱりダメだと思い直す。

西島は場所も探り当てているのだ。足を運べば、顔見知りがいるかもしれない。岩下の直下が主催しているのなら、もっと話は簡単だ。

岩下本人へ頭をさげるのは、本当の最終手段に取っておくことにして、田辺はコートの裾を翻して袖を通した。

焦るなと自分に言い聞かせ、その声が岩下のものになる錯覚を味わう。詐欺の仕事でも、窮地に立たされるたびに、岩下の声の幻を聴いた。

あの冷徹な男の直舎弟である自負が身に沁《し》みる瞬間だ。岡村もいつか、同じことを感じると話していた。

岩下を落胆させず、期待以上の成果で応えたいと思うことは、不思議なほど力になる。事実、たいがいのことは切り抜けてきたのだ。

大輔のことも、生きていれば儲けものだと、最悪の事態も想定して気を引き締め直す。

ロビーを足早に抜けて、田辺はコートの襟を立てた。

＊＊＊

大輔にとっては、気が遠くなるほど長い時間のドライブだった。

拉致《らち》の理由は、天野で間違いない。動物のように唸っていた顔が脳裏にちらつき、開き直るしかない状況だ。

気持ちは意外にも落ち着いている。バンの荷台でスーツを脱がされても抵抗しなかった。

顔には黒い袋がかぶされていて、視野はまるでない。

「いいスジ筋《キン》してんじゃん」

若い男の声がして、腹筋を指で撫でられる。くすぐったさに身をよじると、浮き出たシックスパックを面白半分にいじられた。できる限り小さく丸まったが、無理やりに手をねじこまれ、シャツが脱がされる。

「さすがに手帳は持ってないか」

「クスリ、打っとくぅー？」

「制服に着替えさせて出せばいいんだよ。要はそれっぽい男ならいいんだから」

飛び交う声はどれも若い。何気なく混じった不穏な発言への返事はなく、大輔は引き続き衣服を剝がれた。最後に残った下着も取り除かれ、手足を縛られる。毛布にくるまれ、その上から、さらに紐《ひも》をかけられる。

「いい子だねー」

ふざけた声で言われ、毛布の上からポンポンと叩かれた。

危機的な状況に置かれているのは、大輔だけだ。車に乗っている男たちに深刻さはなく、これから行われようとしていることの予測が立たない。

体力を温存しようと決めていたが、薬と聞いた瞬間から大輔の動悸《どうき》は激しくなった。天野の顔がちらつき、自分もあんなふうになってしまうのかと怖くなる。

臆《おく》すれば終わりだと、自分を奮い立たせた。

狙われた理由を探して、思考をフル回転させる。理性を失った天野をおとりにして、人質に取ったとしたなら、脅す相手がいるはずだ。

ふいに田辺の匂いを思い出し、大輔はくちびるを嚙む。

田辺に知らせが行くのなら、必ず回収してくれるだろう。しかし、気持ちは少しも楽にならない。犯人を追い詰めることがあっても、追い詰められたことはなかった。

警官とは、そういう仕事だ。組織を離れてひとりになれば、右も左もわからなくなる。

車の揺れで、市街地を離れて山道へ入ったと気づいた。カーブが増え、アスファルトの舗装も途切れて、揺れが激しくなる。

砂利を踏む振動で、大輔の身体は小刻みに弾んだ。

そうして、ようやく車が停まる。

毛布にくるまれてイモ虫のようになった大輔は、荷物のように担ぎ出された。

頭が下を向き、血が集まる。なおかつ揺らされたせいで、床に転がされた時にはすでに意識が朦朧《もうろう》としかかっていた。

毛布と一緒に頭部を覆った袋が剝がれる。室内の明るさに目をすがめながら、視界に入ってしゃがんだ男を睨む。

いきなり頰を張られた。

特に理由があるようには思えない。返す手の甲でまた叩かれる。

「若い顔してんなぁ。イマドキの刑事ってのは凄《すご》みがねぇわ」

警察に恨みがあることは、育ちの悪そうな顔つきに表れていた。四十代のおっさんだ。肌ツヤが極端に悪く、岩のような顔面は青黒く見える。

「まだ殴らないでくださいよ。舞台に上がる前に傷ついたら、客が萎《な》えるんだから」

若い男の声がして、おっさんはゆらりと立ち上がった。立ち去るのかと思ったが、そうではなく、勢いをつけて大輔の腹の上に腰をおろした。肋骨《ろっこつ》に衝撃が走り、思わず呻きが漏れる。

「いい声で鳴くよね〜」

若い男がげらげらと笑い、足にちくっとなにかが刺さった。

「なに……してっ」

注射器の針だと思った大輔が声を荒らげると、おっさんの手で股間を鷲掴みにされた。潰《つぶ》されるかと思うような恐怖感に脂汗が吹き出し、とっさに奥歯を噛む。

おっさんの向こうから、若い男が顔を出す。へらへらと笑い、大輔の前髪を摑んで揺さぶった。

「ちょっと麻酔ね。いきなり突っ込まれて切れたら痛いだろ？　今夜はレイプショーだから、玄人《くろうと》だと演技してるって言われてさ。受けないんだよね。下準備のときにジェルも挿《い》れといてやるから……、適当に嫌がってればいいし。まぁ、なんとかなるッショ」

「おまっ……」

「口の利き方ぁー、気をつけてねぇ。刑事さーん」

頬を片手で摑まれ、くちびるが突き出る。男に真上から見下ろされた。

「あんたを売った男は、もう処女じゃないからって言ってたけど。どうなの？　そうじゃないなら、いま、突っ込んでやるけど？」

まったくの初体験でショーに出されるよりはマシだと言いたいのだろう。それが優しさだとはまったく思えず、大輔は無言で睨み返した。

大輔の胃の上に座ったおっさんは、暇つぶしでもするように股間をいじり始める。勃起させようとするのではなく、もてあそぶだけだ。皮を引っ張られ、袋の中の玉の位置まで確認される。

「ユルユルぐすり、打ったぁ？」

軽い口調の男の声が新たにして、大輔を見下ろしたままの男が「はーい」とこれもまた軽く答える。それからにやりと笑った。

「んじゃ、着替えついでに、浣腸《かんちょう》とジェル注入してあげるね～」

男の声を聞いたおっさんが、大輔の上から立ち上がる。

引きつる大輔の顔をまじまじと見下ろしたふたりの目は、井戸に突き落とした人間が溺れるのを愉《たの》しむような残虐性に溢れていた。

＊＊＊

もう何十回もかけ直しているのに、岡村からは折り返しのコールがない。

重要な仕事の最中だとしたら、バイブも切っている可能性がある。それでもかけ続けてしまう田辺の手元を、運転席の西島がちらっと見た。古い小型車は、小汚い上に狭い。しかし、エンジンのフケは良く、馬力のある動きをしている。

「岩下へかけてくれってのは、酷か……」

ぼそりと言われ、田辺はフロントグラスを見据えた。答えを待たずに、西島がまた口を開く。

「誰にも言ってないんだろう。そりゃそうだよな。あいつも同じだ」

西島とは番号を交換するときに一度だけ会った。偶然を装って道で呼び止められた。先輩としてケツモチをする義務があると言われ、素直に番号を渡したのは、西島を信頼する大輔の気持ちを知っていたからだった。

田辺は『大輔の情報提供協力者』として振る舞ってきたが、昨日の電話の内容からいっても西島はふたりの仲を知っている。大輔が言うはずはないから、西島も見て見ぬ振りしているのだろう。

田辺と岩下の間でも、大輔との関係は同じように扱われている。宙に浮いて、どっちつかずのあやふやなままだ。

「いつから気づいていたんですか」

「どこにだ」

西島は厳しい表情でハンドルを握る。

シラを切っているが、いままで何度となくカマをかけられてきた。田辺も同じようにシラを切り、大輔との本当の関係については口にしたことがない。

要するに、西島は田辺を試しているのだ。ふたりの関係を他人に漏らし、大輔の立場を悪くしないように見張っている。だから、西島に話すようでは失格なのだろう。

それらすべてが理解できない田辺だったなら、もっと早くに引き離されていたはずだ。

大輔に無理をさせるなと釘を刺す西島の親心には、身を挺して情報を得てくる後輩への罪悪感も含まれている。そして、田辺にも、ふたりの間に起こったこれまでのすべてが、『節度のある関係』であったのかどうか、わからない。

傷ついて欲しくないと思うたびに、いっそ傷つけたいとも思った。他の誰かが大輔の記憶に残り続けるぐらいなら、忘れられない傷を、と思ったこともある。

結局、そんなことはできず、田辺はただ守ることだけに必死になった。大輔の嫁が薬物に依存して問題を起こしたときもそうだ。

「俺と、だい……三宅さんが付き合ってること……」

「そうはっきり言うなよ。同性愛なんて、俺にはわかんねぇんだ。ホモもゲイも区別ないしな」

突っぱねるように言いながらも、西島は苦笑いを浮かべた。

「俺が知ってるのは、あいつの携帯に登録されてる『あや』ってのが、おまえなんだろうってことだけだ」

「……嫌なんでしょうね。俺なんかと」

「誰が相手だろうが、一緒だろう。女じゃねぇんだから……。『普通』じゃない」

進路を市街地へと取りながら、西島は目つきを鋭くした。

「これが、おまえ絡みだったなら、ぶっ殺してやるところだけど。……こっちの失態だからな。別れろとも言えねぇわ」

自虐的に肩をすくめ、ちらりと振り向く。

「あいつは、どっか、坊ちゃんだろ？　外見ばっか、いかつい振りしても、中身が柔らかいからヤクザにも舐められる。漢字は読めないし、読解力はないし、絵にかいたような『ゆとり』なんだよな……。でも、それが時代ってやつだろ。あいつはまだ若い。同期で頭のいいやつはあれこれやって手柄たててるけど、それは結局、本人の将来にとっての勲章だ。『俺たち』にとって有意義かどうかはわからんだろ」

「……警察にとって、ってことですか」

「本当に怖いのは、おまえらがドンパチやることじゃねぇ。あぶれた人間がゴロツキになっていくことだ。ヤクザ同士が殺し合って、流れ弾で死人が出るなんてのは、もらい事故みたいなもんだ。ゴロツキが金欲しさに女を殺しまくるのとは違うからな」

「俺に、そんな話して、どうするんですか」

「……いい機会かと思って」

西島は真剣な目をしていた。まっすぐに前を向いた横顔には、大輔の窮地を思う焦りもない。覚悟しているのか、あきらめているのか。

「大輔はな。いまはまだ、チンタラしたガキでも、腹が出る頃には一人前になる」

「あんたの言う『一人前』ってのは……」

「おまえらみたいなのがヤクザやめたくなったときに、頼りになる相手ってことだ。バッジを捨てれば、市民だろ」

「……いまの暴排法を見直してから言ってもらえませんか」

「インテリヤクザには関係ないだろ」

ヤクザと関わりを持てば、カタギでも連帯責任を問われる時代だ。いまは年寄りたちが昔を恋しがって、歪だ、伝統だと組織の維持に努めているが、このまま行けば、指定暴力団とは違う種類の組織が作られていくだろう。それが地に潜ることは確実だ。

「まぁ、腹が出るまで待たなくても、そろそろ若手のヤクザには話が通じるようになるだろ。若い刑事ってのは、舐められやすい。だからな、現場でからかわれて、いたぶられて、それでも我慢して、これが正義だってツラしてるのがいいんだ。『心あるヤクザ』なら対等に扱うようになる」

そういうふうに対峙《たいじ》する刑事だけが、地下に潜り、マフィア化していく組織の成り立ちに立ち会えるのだ。止める必要はない。まずは見て知ることが第一になる。

ヤクザ顔負けのいかつさを持った西島は、やはり警察官だった。

それも、見た目以上に優秀だろう。ひとつ先を見ながら、さらに先を想像している。

「俺とこうなったことは、あいつにとって……」

「やめろ、やめろ」

信号で停まり、西島が手を振り回した。

「おまえが足抜けでもして、マトモな職に就けばいいだけの話だ。おまえらがときどき会って、メシのあとでナニやって親交を深めてるかなんて、俺には関係ない。だいたい、おまえに足抜けされたら困るんだから、やめろなんて言うわけないだろ」

「いまのままの方が都合がいいんですか」

「ヤクザ撲滅なんてな、本気でやったら、治安維持できねぇだろ。ただでさえ、岩下の情報は取りにくい。おまえがいれば、あいつはそれだけで出世コースに乗れる可能性があるんだぞ」

「マジで」

「九回裏の満塁逆転ホームランだ」

「じゃあ、そのあとでやめます」

田辺があっさりうなずくと、西島は驚いた顔で振り向いた。

「……別れるのか」

「まさか。あいつを一人前にしてやれるなら、そういうふうに動くだけですよ」

ヤクザでいるのも、ヤクザをやめるのも、大輔次第だ。

やめるというのを、ふたりの関係のことだと思った西島は、苦虫を嚙み潰したような顔になって舌打ちをした。しばらく黙り、それから、低い声で言う。

「……どんなことがあっても、あいつをこっちに返してくれ」

走り出した車の中で、声は余韻の尾を引く。深刻さはもう拭いようもなかった。

市街地を抜け、暗い山道へ入ると、暗澹《あんたん》たる思いが車内に広がり出す。

大輔は再起できないほどに痛めつけられているかもしれない。安易な優しさで、ヤクザの世界に取り込まないでくれと、西島は言っているのだ。

「大輔が、なにを言ってもだ。返してくれ」

カーブを曲がりながら、西島はまた舌打ちした。

いまさらのように、大輔を売った天野への恨み言を口にする。

間に合ってくれと願うことさえ虚しいような暗がりを、車はエンジン音高く登っていく。

街灯も設置されていない道を走り、現れた集落を過ぎたあと、西島は静かに減速した。

「どうやって中へ入るつもりですか」

鳴らない携帯電話を摑んだ田辺が聞くと、西島はライトを一段階暗くした。

「真正面から。知り合いが参加してる」

「……どういう知り合いだよ」

「聞いたら死ぬからやめておけ」

笑いながら、徐行運転で前に進む。道の先で、小さな光が動いていた。ペンライトだ。小さく八の字を描く。

道端に、男がひとり立っている。

西島が道端に車を停めて、ライトを消すと、向こうはペンライトの明かりだけで近づいてきた。チェスターコートの裾が揺れる。

後部座席に乗り込んだ男は、ふぅと息をついた。

「困った坊やだな……。ショーはもうすぐ始まる」

声のトーンも話し方も落ち着いている。

「どこから突入すればいい」

西島が身をよじって、田辺の後ろに座った男を見る。相手は鼻で笑った。

「物騒なことを言うな。数の違いを計算に入れろよ。ドラマじゃないんだから。……それが、例の？」

「あぁ、岩下の舎弟だ」

西島の答えを聞き、男が身を乗り出してきた。視線が合う。

西島や大輔とは違い、華奢《きゃしゃ》な顔つきをしているのが意外だった。サイドで分けた黒髪が額にかかって若く見えるが、明るい明かりの下なら印象は変わるだろう。目つきに秘められた狡猾さは、大輔にないものだ。

おそらく見た目以上に年を重ねている。

「ふぅん。見たことないね。本当に岩下の舎弟なのか。普段はなにしてる?」

値踏みするのはお互いさまだ。

「投資詐欺だよ」

田辺が軽い口調で答えると、

「ずいぶんとまともなシノギだな」

ふふっと笑われる。男は西島へ視線を向け、

「もっとわかりやすいの連れてこいよ」

と軽口での文句をつけた。

「時間がなかったんだ」

「まぁ、ハッタリかますなら詐欺師は向いているかな。今夜のショーの開催は岩下の系列じゃない。でも、岩下の名前を出せば、演者のチェンジぐらいはできるだろう。俺に感謝してよ、西島」

運転席と助手席のシートに腕を乗せていた男が、西島のネクタイに手を伸ばす。それをさりげなく払いのけ、

「するする。奢ってやる」

西島はじりっとドアへ逃げた。

「男やもめの濃厚ザーメン特盛でいいけど」

指先で宙を掻いた男は、外見に似合わない下卑たことを言い出す。西島が大仰に顔を歪めた。

「その手の冗談は断る」

「ウブだねぇ」

目を細めてからかった男は、運転席にもたれて田辺を見た。

細面に微笑みを浮かべ、

「河喜田《かわきだ》です」

静かな声で名乗った。西島がつけ加える。

「これでも、生活安全課だ」

「これだから、だよ」

ふざけた自己紹介を受けながら、田辺はもう一度、河喜田をよく見た。

岡村なら知っているのかもしれないが、田辺に面識はない。視線を合わせて名乗ると、

「あぁ、あんたが『岩下の長財布』」

河喜田はくちびるの端を引き上げて笑った。

その一言に、田辺は眉根を開いた。

多額の私有資産を保有している岩下だが、組関係の支出は舎弟たちのシノギで賄われてきた。その中でも稼ぎの大きい田辺を『長財布』、そうでもない舎弟を『小銭入れ』と呼んでいた時期がある。

数年前のことだが、田辺でさえ忘れていた。

河喜田はその頃から岩下のことを知っているのだ。ショーに出入りしていることや西島に対する卑猥な言動からすると知り合いなのだろう。もしかすると、岩下との間には肉体関係があったかもしれない。

「西島、この先の砂利道を上がってくれる？　業者の倉庫がある。裏口へ回れるから」

河喜田の指示に従い、西島は車を動かした。その途中で、田辺の電話が鳴り出す。待っていた岡村からの折り返しコールかと画面を見たが、番号は表示されていなかった。

非通知でかけてくる相手は限られている。

「アニキかもしれない」

端的に言って電話に出る。西島は即座に車を停め、エンジンも切った。

車内が静まり返る中、田辺の耳にだけ、心地のいい周波数が届く。

間違いなく岩下の声だ。

『おまえ、いまはどこにいるんだ』

「出先です」

緊張して答える。田辺の電話がしつこいと、岡村が愚痴をこぼし、岩下がからかいの電話をかけてきたのかもしれなかった。

「どちらにいらっしゃるんですか」

岡村も　緒かと尋ねる前に、岩下の笑う気配がした。

「あぁ……、お呼ばれしたんだけどな」

ふざけた物言いで続ける。

「どこかで見た顔の刑事が、制服着せられてレイプショーの楽屋に転がってるぞ。おまえのアレと似てる気がして……」

最後まで聞く余裕はなかった。田辺は耳に押し当てたスマホに、もう片方の手も伸ばす。両手でしっかりと握った。

「岩下さんっ……、それ、本人です……ッ！」

みっともなさも忘れて叫んだ。その隣で、

「あいつがいるなら、話が早い」

田辺の言葉だけで状況を理解した河喜田が身を乗り出す。あっと声を出す間もなく、携帯電話がもぎ取られる。

「もしもし？　河喜田だけど。それね、確保しておいてくれないか。もう目と鼻の先だ」

岩下の答えは聞こえない。河喜田は嘲笑《ちょうしょう》するように鼻で笑った。

「こっちだって、あんたの舎弟を押さえてあるんだ。つべこべ言うなよ」

深い仲を思わせるやりとりに、田辺はひっそりと息を吐く。

運転席では、西島が重たいため息をついていた。


倉庫の裏口から招き入れられた田辺は、案内の男を突き飛ばすように急かした。

西島と河喜田は、車で待機している。岩下が関わっているのなら、田辺ひとりで行くのが筋だ。河喜田もそう言った。

山のように積まれた資材の間を抜けていくと、コンテナハウスがふたつ並んで現れる。その向こうには、分厚そうな壁材がそそり立つ。秘密パーティーの会場だ。

そちらには目を向けず、案内の男がノックして開いたドアへと勢いよく飛び込む。

外から見た印象よりも広い部屋の壁はワインレッドに塗られ、ビニールマットの床材の上に、毛足の長い黒色のじゅうたんが敷かれていた。目立つ家具は大きなソファだけだ。

天井から垂れさがる鎖の異様さが目に入ったが、それよりも田辺の心を不安にさせたのは岩下の姿だった。

足の細い木製の椅子に腰かけ、片足をすらりと伸ばしている。格好はいつものスリーピースで、黒縁の眼鏡が軽妙な雰囲気を醸している。若造りともいえるチョイスだが、高級生地のスーツがドレッシーになりすぎるのを抑えるには、絶妙のさじ加減だ。いつも通りに凜々《りり》しい。

　なおかつ精力的な魅力のある目つきに迎え入れられ、田辺は恥も外聞もなく飛び込んでしまった自分を恥じた。ジャケットの襟を正し、眼鏡の位置を指で直して背筋を伸ばす。

　しかし、岩下の座る椅子の後ろで丸まっている男の姿を見た瞬間、身体はふたたび大きく傾いでしまった。かっちりとした警察官の制服を着て目隠しをされているが、足を抱えるようにして転がっているのは大輔だ。

　背筋に冷たいものを感じた田辺は、足首につけられている枷《かせ》にも気づいた。鎖は壁と繋がっているのだろう。

「乱闘覚悟で来たのか？　おまえには無理だろう」

　椅子の背にしどけなくもたれた岩下が、ちらりと背後に視線を向けた。大輔は耳をそばだてているのだろう。肩がかすかに揺れる。

　大きな外傷はなさそうだと安堵《あんど》しながら、田辺はあごを引いた。

「連れて帰ります」

「どうぞ、なんて言えるか」

　岩下から、鋭い視線が向けられる。

「俺の仕切りじゃねぇんだぞ」

それでも、今夜の生贄《いけにえ》が田辺の『情報提供者《パイプ》』と知って、ひとまず保護してくれた。田辺と大輔の関係を考慮した結果だろう。

しかし、優しさとは限らない。田辺の本気を察して、無理難題を押しつけてくる可能性もある。

大輔との関係の発端も、そもそもは岩下の命令だ。肉体関係を持ってでも、刑事をたらし込んでおけと言われたが、目的はパイプを持つことではなかった。

ノンケの田辺が男を抱けるのか、たらし込むことができるのか。その試験であり、あくどい岩下の暇つぶしだった。

本気になってしまうなんて、田辺自身も考えなかった結末は、岩下にしたら嘲笑ものだろう。いまここで、試されているのかもしれない。

一瞬だけ身構えたが、岩下の出方を待つことはできなかった。隙を見せれば、つけこまれる。相手は、そういう男だ。

「お願いします。口利きをしてください。金ならいくらでも。なんとしてでも……」

岩下には小細工なんて通用しない。言い訳を口にしようものなら、それをネタにいたぶられるだけだ。

わかっているから、田辺は素直に頭をさげた。

しかし、岩下の態度は冷淡で、にこりともしない。

「うちのだと言えば、反対に向こうから金を取れる。いっそビデオ撮りでもすれば、今後、この男の裏切りを心配することもない。そういうビジネスの話がしたくて、おまえを呼んだだけだ。……違うか」

冷たく言われ、胸の芯《しん》が震える。床に横たわった大輔が、まんじりともしないのも、せつなかった。

「そんな正論でイジメなくてもいいじゃないか」

出入り口から声がかかり、河喜田が現れる。

「『長財布』と揶揄《やゆ》されても金を運んできた側近だろう？」

田辺を追ってきたのだ。河喜田を見た岩下の顔が不機嫌に歪んだ。

「……おまえか」

あきれた声で言って、ため息をつく。河喜田は革靴を鳴らしながら、田辺の隣に立った。

「俺が代役をすればいいだろ？　本職には変わりない。制服も着よう。ビデオはごめんこうむりたいが、あんたの面目は守られるはずだ」

「それはどうも。処女の演技もしてくれよ。……シン、おまえが話をつけてこい」

呼ばれたのは岡村だ。田辺はハッとしてドアを振り向いた。

電話が繋がらなかった相手が、河喜田の肩越しに見えた。ドアのそばに控えている。

「電話、出ろよ」

目が合ったのと同時に睨みつける。

「仕事中だよ、バカ」

そう言いながら岩下に近づき、手にしていた鍵を渡した。

「話はつけてきました。ポリスナイトでもないし、手違いだと謝ってましたよ」

岩下が保護するような相手を使って不興を買うのは、主催者にとっても不利益なのだろう。手にした鍵をもてあそび、岩下はすらりと長い足を組んだ。

「河喜田。俺の有能な舎弟が、おまえの仕事を奪ってきたけど、どうする？　もう一度、話をつけさせようか？」

からかいを含んだ目はどこか甘い。性的な匂いをわざとさせた岩下と、それを真正面から受け止める河喜田は無言の会話を交わした。

岩下がふっと息を吐き出す。

「シン。飛び込みの参加希望者だ。押し込んでこい。向こうに突っぱねられたら、おまえが相手してやれよ」

「……なんとしてでも押し込んできます」

無表情になった岡村は、じっとりと河喜田を見た。迷惑だと言いたいのをこらえ、不機嫌が極まっている。田辺にわかるぐらいだ。岩下もわかっているだろう。

「来てください」

河喜田を呼び寄せた岡村は、田辺に対してあてつけがましい視線を投げてくる。

あからさまなのは、付き合いが長いゆえの気安さだ。田辺もまた、岡村に対して申し訳ないとは微塵も思わない。

ふたりが出ていき、ドアが閉まる。

「河喜田はなぁ、田辺」

岩下はわざと名前を大きく呼んだ。その声が耳に届いたのか、大輔がようやく身じろぎをした。力を失くしたくちびるが「あ、や」と動く。

「あいつは俺でも手を焼くマゾだ。……マゾで済めばかわいい方だな」

笑う岩下の声が遠く聞こえるほど、田辺の胸は痛んだ。

いますぐ大輔に駆け寄り、抱き起こしてやりたい。声を聞き取れなかったのは、聴力に問題があるせいかもしれず、想像するだけで暴れ出したくなった。

ふつふつと湧《わ》き起こる怒りがコントロールできなくなりそうになり、田辺は拳をぎゅっと強く握りしめた。

冷淡な目をした岩下が、語気を強める。

「おまえ、俺が、この鍵を、素直に渡すと思うか」

思わない。

だからといって、なんでもします、とも言えない。それは自滅への一歩だ。早く答えなければと思いながら、大輔が心配で、うまい言葉が見つからない。

呼吸が浅くなった田辺から視線をはずし、岩下はなにげなく後ろを振り向いた。

「大輔さん。あんたのナイトが息を切らして迎えに来たよ。さて、なにと引き換えにしようか」

河喜田を追い払った岩下は、ふたりのことを完全におもしろがっていた。立ち上がると、座っていた椅子を蹴り飛ばすようにしてはねのける。

大輔の身体をまたぐようにして立ち、ゆっくりとしゃがみ込んだ。

くちびるを撫で、指で口を開かせる。

声も出さない大輔の全身は小刻みに震えていた。だから、しなくてもいい想像が田辺の脳内を駆け巡る。

着替えているのだから脱がされたのだ。ショーに出る準備だってされたに違いない。

田辺は両手で拳を握った。爪をわざと手のひらに食い込ませ、痛みで平常心を忘れないようにする。それを腰の後ろに隠し、出方をうかがう岩下を見つめ返す。

これが正念場だと、覚悟を決めるしかなかった。

大輔がすでにレイプされているとしても、ふたりの関係は変わらない。むしろ、もっとたいせつにしてやりたい。

傷ついた心が微塵も痛まないように真綿でくるんで、なにもかも出会い頭の交通事故だからとささやき続けるのだ。大輔に落ち度はない。ただ、頭のおかしい男に好かれ、不可抗力で売られただけだ。

「田辺。そろそろ、なにか言ってみろ」

じゅうぶんな猶予を与えている岩下の指が、大輔の耳たぶをこねる。

田辺は身体の力を抜いた。拳をほどき、伊達眼鏡を指で押し上げる。

「……アニキ」

と、呼びかけた。独立してシノギ、上納金を収めるようになってからはずっと『岩下さん』と呼んできた。兄弟分の甘えが出ないように、関係には一線を引いてきたつもりだ。岩下もまた、一人前に扱ってくれた。だから、いまさら『アニキ』と親しく呼んでも、昔とはまるで違う響きだ。

「俺と大輔は『新条《しんじょう》』を前にして、協力関係の誓いを立てました」

田辺の言葉に、岩下がゆらりと身体を起こす。

「そこで、あいつの名前を出すか……」

新条は、岩下の男嫁だ。旧姓、新条佐和紀《さわき》。いまは、岩下佐和紀となり、亭主の寵愛《ちょうあい》を一身に受けている。

「なにを言われても、俺はアニキに従います。覚悟はあります。でも、このことだけは先に言っておくべきだと、そう、思いましたので」

まっすぐに見つめると、岩下は可笑《おか》しそうに肩をすくめた。洒脱《しゃだつ》な仕草がよく似合う。

「いまさら嫁に叱られたくないな。河喜田への謝礼を含めて、五百万ってところか」

「わかりました」

それ以上の交渉は無意味だ。素直に引き受け、大輔をまたいで立つ岩下に近づいた。差し出された鍵を受け取ろうとしたが、すんでのところでひょいと遠ざけられる。手が宙をかすめた。岩下に顔を覗き込まれた。

「本気か、田辺」

「情報提供者は守ります」

「佐和紀の前で誓ったのは、『そんなこと』じゃないんだろ？」

「……向こうがどう取ったかは知りません」

「昔馴染《むかしなじ》みには甘いんだよなぁ、あいつは。田辺、機嫌を取っておけよ。このことはオフレコでな」

「……やれるだけは」

新条佐和紀とは、過去に因縁があった仲だ。けっして親しくはないし、どちらかといえば相性は悪い。

大輔との仲を誓うことになったのも、新条が原因だった。新条の美貌《びぼう》のせいで、田辺との因縁には恋愛関係が絡んでいると誤解した大輔が体調を崩したのだ。見かねた新条が縁を切りたいなら力を貸すなどと大輔に詰め寄り、ふたりの仲を宣言することになってしまった。

しかし、互いを必要としていると答えたことが、こんなところで役に立つとは思いもしなかった。

岩下から鍵を受け取り、大輔の足につけられた足枷をはずす。優しい言葉をかけたかったが、いまは全身で拒まれている。岩下の前で弱い姿を見せたくないのだと察して、田辺は口を閉ざした。

大輔に肩を貸し、ドアへ向かう。

わざわざ、ふたりのためにドアを開けて待っていた岩下は、田辺の挨拶を遮った。

「容赦しないことが必要なときもある」

低い声は艶《つや》っぽい。けれど、威圧的だ。送り出された田辺は、投げかけられた言葉を胸に刻む。

だから勝てない、と思う。冷徹な人でなしを装いながら、岩下はいつも真実の中にある小さな核を見つめている。

人を愛するなんてみっともないと、いつか話していた。

人生を呪《のろ》いながら浴びるように酒を飲み、同じく足取りの危うくなった田辺と岡村を両脇《りょうわき》に従え、このまま横浜の海に落ちようかと笑っていたこともある。

岡村も田辺も、そうしたいなら付き合おうと思った。

どうせ、岩下だけは生き残るに決まっている。それでも誘ってくれるなら、泥酔したまま溺れ死んでもよかった。

あの頃の田辺にとって、岩下は溺れながら掴んだ一握りの藁《わら》だった。

足に力の入らない大輔を背負い直し、田辺は倉庫から出た。

月明かりだけが、頼りなく道を照らしている。

雑木林に囲まれた静けさの中で、

「もう心配いらないから」

目隠しをしたままの大輔に言った。

西島が迎えに来ていることは隠す約束になっている。だから、目隠しはそのままだ。大輔も取ろうとはしなかった。

もしも西島に知られたら、大輔は恥じてしまう。仕事にも支障が出るから、見て見ぬ振りをしたいと西島が言ったのだ。

あとのフォローは田辺に一任されている。

黙ったままの大輔を後部座席に横たわらせて、コートを着せかけた。迷いながらも隣に乗り込み、膝枕をしながらコートを頭の上まで引く。

車が走り出すと、大輔がぎゅっとスーツを握りしめた。たった一言、

「あやの匂い」

とつぶやかれ、声が出せることにホッとした田辺は、髪の中へと指を差し入れる。マンションに着くまで、たわいもない話を絶えず繰り返し続けた。

4

マンションの裏で、大輔を車から降ろして背負うのを手伝ってもらい、西島とは一言も話さずに別れた。

心配を押し隠した表情の西島は、大輔の将来を真摯に思いやっている。その証拠に、ふたりが消えるまで頭をさげていた。

高級マンションは住人と会うことがほとんどない。ふたりしか乗っていないエレベーターを降り、部屋に入った田辺は、放心している大輔を玄関に座らせた。目隠しを取り、警察官の制服を脱がせる。

本物の制服だ。下着まで白いブリーフに替えられていた。

そこは脱がさず、自分のコートを着せかける。大輔は黙ったままだ。目を伏せて、ぼんやりと宙を見つめている。田辺はかまわずに動いた。制服はゴミ袋に入れ、風呂の準備を済ませて戻る。大輔の肩がびくっと揺れて、ハッとしたような表情がうつむいた。

「足は、動く？」

しゃがんで、壁にもたれている身体を抱き寄せる。

大輔の足はゆっくりと動いた。

「……薬を、打たれた」

「麻酔か弛緩《しかん》剤だと思うけど。気分は？　胸糞悪《むなくそ》いのはわかってる。それとは違う頭の痛みとか、吐き気とかは？　緊張が解けたら、症状が出ることもあるから」

「……へいき」

「一緒に、風呂に入ろう」

頬を撫でながら顔を覗き込むと、大輔は身をよじってうつむいた。

「ひとりで、いい」

「いいわけがない。ワガママ、言うなよ……」

田辺は、その場でスーツを脱いで全裸になり、大輔に肩を貸した。胸を押し戻してきた手を掴む。

「こんなに冷えて……」

「……あや」

小さくささやいたきり、大輔は黙り込む。心情を問いたかったが、無理には聞き出せない。田辺は肩を貸して立ち上がり、風呂場へ向かった。

壁にもたれながら下着を脱いだ大輔を洗い場に連れていき、椅子に座らせてシャワーをかける。

このマンションを選んだ決め手は、男がふたりで入っても狭くないバスルームだ。椅子を並べて身体が洗えるし、無理をすればプレイ用のマットも敷ける。

シャワーで温めた壁に背中を預けさせ、田辺は泡立てネットにボディソープを取った。

「やらなくて、いい」

ネットを大輔にもぎ取られ、田辺は自分の手で泡を立てた。足に触れると、泡だらけのネットで殴ってきた大輔が勢い余って横倒れになる。

「大輔さん……」

「触る、な」

両手を床につき、大輔はくちびるを噛む。肩が震え、そむけた目元は赤く充血していた。

「そんなこと言って、一生触らせないつもりじゃないだろ」

「……」

「それなら、いつ触っても一緒じゃないか」

大輔が味わった屈辱を思い、田辺の胸は焼けただれる。

乱暴な行為で辱められ、男同士のセックスを嫌悪しても仕方がない話だ。そうなれば、ふたりの関係も終わってしまう。

危機を悟って怯《ひる》んだ田辺は、去り際に投げかけられた岩下の言葉を思い出した。脳の奥でピリッとした声が響く。

『容赦しないことが必要なときもある』

そう言われたのだ。理解できずに聞き流したが、言葉は真実を突いている。

大輔に、優しくしたい。傷があるのなら、全部舐めてやりたい。

どんなに本人が望んでも、放っておくことはできない。

大輔のことを知っているからだと、田辺は思った。

強がることはわかっている。田辺に抱かれながら、男としての矜持《きょうじ》を持ち続けようと努めてきた大輔だ。

それと裏腹に、男としてのプライドが重くのしかかり、息をつく暇もないプレッシャーの中にいることも理解してきた。

「大輔さん、ちゃんと聞いておきたい。なにを、された？」

「……なにも」

嘘をつくのがヘタだ。首を振った先から、涙がこぼれている。

それは大輔の弱さではない。

もしも西島が相手なら、他の男が相手なら、大輔は平気な顔で嘘をつける。いま、こうして泣くのは、尋ねているのが田辺だからだ。

「言って。そうじゃなきゃ、身体に聞くよ」

肩を掴むと、激しく振り払われる。揉み合いになりながら、逃げ回ろうとする大輔を押さえつけた。

お互いに息が乱れ、泡が散る。

摑んだ腕を引き寄せ、田辺はどうしようもない衝動に駆られた。大輔の身体を力ずくで抱き寄せ、嫌がる腕ごと抱きしめる。

「嘘なんて、すぐにわかる。抱けば、わかる」

「……っ」

声を喉に引きつらせ、大輔はなおも身をよじらせる。

「大輔さん……、なにがあったの」

「され、て……ないっ。ほんと、に……」

胸を押し返す大輔はもう涙声だ。鼻をすすりながら、首を左右に振る。

「はらの、中の……出して……洗われて……。でも、ヤられてな……っ」

「口は？」

大輔はぶんぶんと髪を振り乱した。否定する。

直腸の処置をして、身体を清め、制服を着せるだけで時間切れだったのかもしれない。

もしくは、まったくの新品である必要があり、もてあそぶことは禁止されていたのか。

それでも耐えがたい苦痛を味わったことに違いはない。

「指、だけっ……」

大輔の身体が大きく震え、泡のついた自分の手を噛む。

「バカっ」

とっさに頬を張り、噛みちぎりそうな勢いの手をもぎり取った。力任せに身体を揺さぶり、頬を両手で摑んだ。

「見て！　俺を、見て！」

勢い余って額がぶつかる。ガツッとひどい音がしたが、痛みはさほど感じなかった。

逃げ回る視線を追いかけ、捕まえる。

「なにをされてたっていい！」

「……よく、ねぇ……だろ」

「いいんだよ！　ヤク漬けになってたって、生きていればいいって……俺はそう思ってた！」

「ひでぇ……」

そんなことしてきたのかと言いたげな目で見られ、いつもの大輔が戻ってきたと感じる。

「よかった。あんたの、心臓が動いてて。……よかった」

「……あや」

震えている大輔の指が、田辺のあご先に触れる。誘われるままにくちびるを重ね、力任せに抱き寄せそうになって自制する。腕の力をゆるめた。

優しく背中を抱き寄せ直す。

舌が絡む前に大輔が身を引き、くちびるが離れてしまう。なおも続けようとした顔を押しのけられた。

「今日は、したくない……。……あいつら、俺が男とやってるって、気づいてた。なんで……？　おまえじゃなくても、勃起したから？」

「前立腺をいじられたんだろ。クスリの可能性だって……」

大輔は力なく首を振った。開きかけて閉ざされたくちびるを、田辺はじっと見つめる。

男っぽい顔つきにかわいらしさは微塵もない。

それなのに、たまらなく好きだ。引きしまった頬や、薄いくちびる。笑うと垂れ目がちになり、顔をしかめると目尻にシワが寄るところ。

ぜんぶがかわいくて、愛《いと》おしくて、胸の奥が締めつけられる。

「大輔さん。俺はね、なにがあっても別れないよ」

ハッとしたように見つめてきた目が、慌ててそれる。

「そんなこと、怖がってたの？　俺がどれだけ惚《ほ》れてるか。まだわかってないの」

「……あんなこと、されて。もうダメだと……」

瞳に新しい涙が溢れる。それほど大輔はショックを受けたのだ。

恥ずかしい思いをさせられ、力業で射精させられる屈辱に、自尊心を傷つけられた。

「指入れなんて、医者でもやるよ」

「それと、これとは……」

「俺と、別れることになるって、考えたんだ？」

「だ、って……」

「誰があんたを傷つけても、それで俺の気持ちは変わらない。犯されても、あんたの気持ちだって変わらないだろ。どうしてだか、わかる？　……大輔さん、あんたにとって、レイプで傷ついたのは、俺との一度きりだから」

「……あれは違う」

「あれが、そうだよ。だから、同じようなことをされたって、あんたは傷つかないし、俺が幻滅することもない」

「言ってることが変だ」

「いいんだよ！　なにをされたって、俺たちは変わらない。セックスで気持ちが動いたのは、俺との一度きりだろ」

　ようやく言葉が、答えにたどり着く。

　黙った大輔の目が、せわしなくまばたきを繰り返した。涙が、ほろほろとこぼれ落ちる。

「別れたりしないよ、大輔さん」

「……ほん、と、に？」

涙で濡れた目が、不安を露《あら》わにして見つめてくる。田辺は顔を近づけた。

「本当に、ない。別れて欲しいって言われても、別れない。あんたは俺の恋人だ」

くちびるが触れ合い、甘い吐息がこぼれる。

いつものキスが戻ってきて、大輔の手がおそるおそる田辺の腕を撫でた。欲情しそうになるのを我慢しながら、田辺はそっとささやく。

「こわかったね」

足枷をはずしたそのときに、同じ言葉をかけたかった。

「大輔さん、こわかったでしょう。もう、だいじょうぶだから。俺が、いるから、ね」

優しく言いながら、あぐらの上に大輔をまたがらせて抱き寄せる。戸惑う腕を首筋に巻きつかせて、全身を密着させた。

「……泣かなかった。嫌がってもやらなかった」

首にしがみついた大輔の声は力強く、耳元で聞こえる。身体をぶるぶる震わせているのは、激しい怒りのためだろう。

「うん。えらかった」

首筋を撫でながら、肩をわずかに引いて視線を合わせる。微笑みかけると、大輔は大粒の涙をこぼす。

「がんばったんだね」

褒めると、声をあげて泣き出した。堰《せき》を切った感情を全身で受け止め、田辺は恋人の背中を撫でさすり続けた。

理性が壊されるような極限状況で、大輔が恐れたのは自分との別れだ。田辺の目頭も熱くなる。

「してもいいでしょう」

抱き合ったふたりの間で、田辺のそこはもう立ち上がり始めている。

「こわいことはしない。……俺があんたに、どれほど優しいか。もう知ってるでしょ？」

笑いかけると、大輔は泣き笑いで顔をくしゃくしゃにした。

その表情がチャーミングに思え、田辺は自分の末期症状を自覚する。そして、もうすでにイカれているのだと思い直す。

互いの身体を髪まで泡だらけにして洗い合い、あぐらをかいて向かい合ったままシャワーで流した。どちらからともなく笑いがこぼれ、憑《つ》き物が落ちた気分でバスルームを出た。

大輔の身体をバスローブで包み、バスタオルで髪を拭って抱き上げる。そのまま寝室へ直行し、ベッドの上におろした。それから、田辺もバスタオルで身体を拭った。

熱いシャワーで火照った身体は、寒さを感じない。滾《たぎ》る感情があるからなおさらだ。

「もう、おまえは反応しないいんじゃないかと、思ってた」

そうつぶやく大輔は、田辺の股間をまじまじと見つめている。

「節操なくて、ごめん」

ふざけて答えると、大輔はいつもとは違う表情で見上げてきた。まぶしそうに微笑みかけられて、胸が苦しくなる。

バスローブを脱いだ大輔は、足を拭きながらベッドの中央へ寄っていく。

「おまえのアニキまで巻き込んで……悪かった」

「聞いてたんだろ？　金で済むから、気にしないで」

「……ちょっと、出そうか」

「そうだね」

断るのも無粋な気がして、

「そうして」

と言いながら田辺もベッドに上がった。枷の跡が残っている足首へ手を伸ばす。数日もすれば消える。それまでは長めの靴下でごまかせるだろう。

「身体もきれいにしたことだし、俺の匂いをつけ直そうか」

そっと撫であげていくと、大輔の膝がゆるんだ。そこへ身を進め、キスへと誘うように顔を近づける。

いつもはされるに任せる大輔からくちびるを押しつけられ、田辺は素直に驚いた。

「なに……」

大輔は不満げだ。自分から下半身に手を伸ばしてくる。

「……罪悪感なら、そんなことする必要は」

「したいと、思ったら嫌なのか」

ぎりっと睨まれ、田辺は言葉を失くした。喜びたい気持ちとあんなことがあったのに、と思う気持ちが交錯する。

いい人ぶっていたい気持ちで理性的に振る舞おうとしたが、ここでも岩下の言葉が脳裏をよぎった。

言われたから、そうするのじゃない。それでも、いまを逃せば、ふたりの間はまたスローペースになってしまう。だから。

そう言い訳して、田辺は膝立ちになった。

「……してくれる？」

ゆっくりと手でしごきながら見せつけると、大輔は静かに息を吐いた。悪態もつかず、先端に指で触れ、びくっと揺れたのを押さえるように摑んだ。

亀頭にキスされた田辺は目を細めた。やり過ごすのが難しいほどの興奮を覚え、浅く呼吸する。

大輔は嫌がる素振りもなく、丹念にくちびるで形をなぞった。先端を手のひらで包まれ、舌先で裏筋を舐めあげられる。熱い息が肌に降りかかった。

ぞくぞくと腰が震え、田辺は目の前の景色にうっとりとする。股間に顔を寄せ、熱心に愛撫してくる大輔の姿を視線で追う。尖らせた舌がカリの裏側までしっかりとあてがわれ、ぐるりと舐められ息が詰まる。

感じるたびに脈打つそれを、大輔は片手で握り、口の中へと誘い込んだ。

「……んっ」

ぬるっとした感触に、思わず声が漏れる。

気持ちいいのかと確かめるように上目遣いで見られ、田辺は視界を手のひらで覆った。

「え……、ダメ?」

くちびるが離れ、不安そうな声で聞かれる。

「続けて……」

手の端から視線を向け、もう片方の手で続きを求めた。

「気持ちよすぎて……。大輔さん、嬉しそうに舐めてるから」

「あぁ……」

大輔はかすかに笑い、また大きく口を開いた。そんなことないと言い返されるかと思ったが、否定する気はないのだろう。

今度はジュポジュポと音を立てて吸われた。田辺は思わず前のめりになる。みっともないほど、下半身に血が集まっていき、腰が揺れそうになった。

動かし始めれば止まらない気がして懸命にこらえたが、それを察知した大輔はいたずらに刺激を増やす。

手でしごかれ、先端を舐め倒される。音を立ててキスが繰り返され、もう限界だった。

「……入りたい」

勢いに任せて押し倒し、ふわりとした胸筋にちょこんとついている乳首へむしゃぶりつく。大輔は声をこらえて身をよじったが、逃げるのを許さずに吸いついた。尖らせた舌でこね回し、押し開いた膝の間に手を滑らせる。

大輔の腰がわずかに浮き、指は奥地へと容易にたどり着く。

「んっ……んっ」

すぼまりへ指をあてがうと、乳首への愛撫に息を乱す大輔は片腕で顔を覆った。隠していても、その緊張はわかる。

そっと撫でながら、腕をずらした。

「大輔さん。今夜は俺を見ていて」

部屋は薄暗い。部屋の隅に置かれたルームライトがほのかに光るだけだ。

「いまからあんたの中を掻き回すけど、俺だけ見ていれば、だいじょうぶだから」

「……」

表情を硬くした大輔がうなずく。田辺は自分の唾液で指先を舐め、そこへと沈ませた。

風呂場で中まで洗わなかったから、ジェルの効果は続いていて、すんなりと入っていく。

「濡れてるね」

「……それっ、は……」

「いやらしいジェルが俺の指に絡みついてきてる。嫌だから、出そうか」

「あっ……ふ」

ベッドの上にあったバスローブを摑み寄せ、大輔の腰の下に広げる。

上向きにした指を引き抜くと、ぬらりとしたジェルで濡れているのがわかった。もう一度差し込み、今度は中を掻くようにして動かす。

「うっ……ふっ、ぅ……っ」

「大輔さん、俺を見てって言ったでしょ？」

首の後ろに重ねた枕をあてがい、身体を丸めるような体勢にさせた。それから、開いた膝の裏に片手をあてがう。

「いい子だね。今夜のご褒美に、中をたくさんナデナデしてあげるから……。足は開いていて」

甘くささやき、視界の中へ入る。見つめ合ったまま、ゆっくりとキスをする。

後ろへあてがった人差し指を、口の中へ差し込んでいく舌と同じように突き立て、じっくりと沈めていく。

側をつつく。

やわやわと指を動かし、舌も優しく動かした。大輔の舌先をノックして、指でも腹の裏
「んっ、は……ぁ」

「は、ぅ……っ」

中の刺激が一瞬は悪夢を呼び起こしたようだったが、大輔は自分自身の意志で田辺を見た。怯えた目に快感が差し込み、舌先がぬるぬると田辺を求めて動き出す。

舌を絡め、繊細な刺激を分かち合いながら、田辺は指を深く差し込んで揺らした。

鼻で浅く息を繰り返す大輔の腰がよじれ、指がぎゅっと締めつけられる。

「はぁ……ぁ、はっ……」

「前立腺……」

ささやきながらくちびるを離し、激しくこする。大輔の股間のモノがじわじわと大きくなり、焦《じ》れたように脈を打つ。

「んっ、ん……」

両膝をかかえた大輔は頰を上気させた。肌に汗を滲ませ、軽くくちびるを嚙む。

舐めて欲しがっているのは、顔でわかる。だから、田辺は顔を伏せた。

今夜は意地悪をせずに、ねっとりと舌先で亀頭を撫で回し、いやらしい音を立ててくわえ込んだ。わざとらしく音を立ててしゃぶると、大輔はビクビクと腰を揺らした。

反り返った股間のものは、指の刺激と舌先の愛撫でしきりと脈を打ち、先端を大きく膨らませていく。

「あっ……、は、ぁ……っ。あっ……」

指を包む内壁は狭く、犯されていないことがはっきりとわかった。まったく広がっておらず、オモチャも挿入されていないはずだ。

「大輔さん。このまま指で撫でるのがいい？」

指を増やし、すぼまりをほどきながら中を撫で回す。挿れて欲しいと言わせたかったが、無理強いはできない。すがるように見つめてくる大輔の視線を受け止めた。

「……もう、中へ入っていい？」

うなずくのを待たずに、指を引き抜いた。昂ぶっている性器を押し当てると、大輔が脱力する。ささやかな受け入れ表明に心がざわめき、田辺はじりじりと腰を押しつけた。

膝を押し開き、腰を押しつけては引くのを繰り返す。

入りそうで入らない行為に、やがて大輔の腰が焦れた。不機嫌な目で見られ、わざと微笑んで返す。

「……欲しい、から」

ぶっきらぼうな声は消え入りそうだった。もう一度とリクエストしたくなるほど不器用な誘いに、田辺は息を吸い込む。

「入るよ。大輔さんの身体に」

根元を支え、ぐっと押し込む。抵抗感を和らげるために数回出し入れしてから、根元に唾液を足した。

ジェルの行き渡っている粘膜はぐっちょりと濡れた感覚で田辺を押し包んだ。

目眩のする快感が腰裏から背筋を這い上がり、腰がぶるっと大きく震えた。

「あぁっ、あ、ぁ……ッ」

膝を抱えていられなくなった大輔が、両腕を頭上に伸ばした。崩れ落ちた枕の端を握りしめる。

田辺は折り重なるようにしてその手を追った。片手を掴んで指を絡め、片膝の下に腕を通して身体を支える。大輔の腰が持ち上がり、結合が深くなる。

「根元まで、入ったよ……。わかる?」

ゆっくり腰を抜いたが、はずれることはない。いきなり奥までこすり上げられた大輔は目を閉じ、浅い息をひっきりなしに繰り返す。甘い声がときどき混じり、込みあげる快感さえもやり過ごそうとしていることに気づいた。

「大輔さん。誰のおちんちんが入ってるの」

顔を近づけると、閉じている目がかすかに開く。田辺と目が合った瞬間、大輔のくちびるが震え、内壁がキュゥッと吸いついた。

「んっ……」

声を飲み込んだ大輔は必死に見つめてくる。

「声、聞かせて」

「……ゃ、だ……っ」

いつも以上に激しい快感が押し寄せていることは、潤んだ目を見ればわかってしまう。

「じゃあ、無理させせようか」

見つめたまま腰を激しく動かすと、ぐんっと奥を突いた瞬間に、大輔がのけぞった。

「あぁっ、あっ、あっ……」

「ほら、気持ちいい声が出た……。もっと出してよ。俺だけだろ？　聞けるのは」

腕を首へと引き寄せ、背中に腕を回す。

「大輔さん。ほら……」

抱きしめながら、柔らかく揺れる。足をすくいあげていた手を胸に這わせ、小さくしこっている乳首を摘《つ》まみ揺すった。爪でカリカリと刺激すると、大輔の身体が艶《なま》めかしくよじれる。

「……大輔さん」

呼びかけに視線が戻った。

「大輔さん」

頬にキスをして、くちびるを合わせた。首筋に巻きついていた手が背中から肩へと回り、膝が田辺の腰を挟む。

「……好きな男に抱かれてるね」

ささやきかけると、潤んだ目から涙が溢れる。

「俺も、好きな男を抱いてる……。あんたに夢中だから、気持ちよくてたまらない。中で出したい。匂いを、残したい」

「……ば、か……っ」

罵る言葉が甘く尾を引く。ぎゅっとしがみつかれて、田辺は腰を動かした。

深々と刺さった性器が、ずくずくと沼地を突く。そのたびに濡れたいやらしい音が響いたが、それにさえも快感を覚えている大輔は息を乱した。甘い喘ぎに「あや」と呼ばれ、田辺は首筋に鼻先を埋め、キスを滑らせて肌を愛撫した。

弾む息が激しくもつれ合い、生々しいセックスの声になる。

途中からはもう、互いが無我夢中になった。激しく突き上げて揺さぶる田辺の動きに翻弄されながら、

「あぁっ！　あぁっ……ッ！」

大輔は声を振り絞り、全身を委ねて身悶える。

汗ばんだ肌がこすれ合い、大輔の声は悲鳴に近くなった。気持ちいいと言われるたび、

田辺はこめかみにキスをする。

やがて大輔は、それだけでは物足りないと言いたげに首を動かし、自分から舌を伸ばした。絡め合い、吸い合って、もつれ合うように腰を振る。田辺だけではなく、肌を赤く火照らせた大輔も大胆に腰をよじった。

濡れた髪をかきあげた田辺は、終わりが近いことを大輔に知らせる。止めようとしてもこらえきれず、腰の動きにスパートがかかっていく。

「やだっ……、あやっ……ッ」

求めてくる大輔の声は甲高くかすれ、乱れた息が長距離走を走ったあとのように繰り返される。それでも欲しがられ、田辺はいっそう強く抱きしめた。

有無を言わせず、容赦なく奥を突き上げる。身体が弾むほどどきつくすると、大輔の声が途切れた。息もできないほどの快感の中で、大輔に見つめられる。

田辺が果てる瞬間を待ち構えている目は真摯だ。

大輔は真面目《まじめ》で頑固で努力家で、甘酸っぱい正義感の塊のような男だった。自己を律し、私欲に走らず、世間の模範であろうと努めている。刑事なんかよりも、交番勤務に向いていることは確かだ。

それでも、なったからにはこぼれ落ちたくないと意気込む男気を、田辺は守ってやりたいと思う。そして、自分にだけ、心の奥に秘めた弱さを晒して甘えて欲しい。

「大輔さん……っ、い、くっ……。大輔……っ」

ふたり同時に息を止めた。一瞬の静けさの中で射精が始まり、どちらからともなく息を漏らす。

ドクドクと脈を打ち、互いの性器から白濁した体液が放出される。田辺のそれは大輔の身体の中を濡らし、大輔のそれは、ふたりの下腹から胸にかけてを濡らした。

「イッたんだ……」

息を乱しながら笑いかけ、触らずに達した大輔の精液を広げるように肌をこすり合わせた。

「俺にも、大輔さんの匂いがついた……ね」

キスをして、放心している瞳を覗き込む。

「あや……」

大輔の声がぼんやりと呼びかけてくる。

「なに？」

「……ううん」

首を振った大輔が、力なく抱きついてくる。震える声が「ありがとう」と言ったのは、しばらくしてからだった。

＊＊＊

大輔が復帰したのは、事件があってから三日後のことだ。

ノロウィルスで倒れたことになっていたので、同僚たちからはしばらく遠巻きにされた。

天野はすでに依願退職しており、薬物中毒だったことは表沙汰《おもてざた》にならなかった。

西島はそんなもんさと笑って煙草をふかし、大輔はなんとなく、あの夜のことを知っているのじゃないかと勘繰った。

「西島さん、河喜田って男を知ってますか」

「ん？　誰？」

喫煙ルームで煙まみれになりながら、手早く一服を終えて昼食を取りに出た。

「だから、河喜田って男ですよ」

「ヤクザか？」

「知りませんけど……」

話の流れからいって、大輔の代わりにショーへ出たはずだ。そのあとのことを田辺に聞かなかったのは、ずっと一緒だった数日間のムードを壊したくなかったからだ。

現世のことは、すっかり忘れていたかった。

「隣の署に、同じ名前のヤツがいたと思うけど」

「そうなんですか」

「なにかあったのか」

「いや、ないです……」

中途半端にごまかして、いつもの定食屋に入った大輔は日替わりを頼む。

「おまえ、もう調子は戻ったのか」

アジフライ定食を選んだ西島が言う。

「はい。だいじょうぶです」

「肌ツヤがいいもんな……。栄養のあるもの食ってたんだろ」

西島にじっとりと見つめられ、大輔は言葉に詰まった。

この数日間は甘やかされ続けた。

料理本片手の田辺が三食きっちり用意してくれたからだ。

手先が器用な上に、高級なものを知っている男の舌は肥えている。それほど特別な料理ではなくても、味つけが上手い。

「栄養ドリンクのおかげですか……ね……」

視線をそらして、元気のない素振りをしてみせる。

「無理するなよ」

いつになく優しい言葉をかけられたが、やっぱり田辺からじゃないと胸の奥から嬉しくはならなかった。

日替わり定食とアジフライ定食が同時に届き、半分近く食べ終わった頃に携帯電話が震えた。田辺からのメッセージだ。

中を確認した大輔は、西島に向かって言った。

「すみません……。午後から半休いいですか」

「どうした」

「今日、病院の予約取ってたんです」

「メシ食ったら、行け。……おまえ、病院って、心療内科……」

そこまで言った西島が、ゴホンと咳払《せきばら》いした。

「診療は、内科だよな」

「……え、はい」

病院なんて嘘だ。気まずく答えながら、直帰を勧められてありがたく受けた。

西島と別れ、電車に乗る。繁華街で降りて、指定された駐車場へ行くと、田辺のスポーツクーペが見えた。

乗り込むとすぐに出発になった。

「悪かったな。呼び出して」

田辺から言われ、

「いや、これは俺の問題でもあるから」

大輔は真面目な声で答えた。それから、携帯電話を取り出し、調べておいた和菓子屋のページを見せた。

「道、わかる？」

「住所を入力すれば、ナビしてくれる」

そう言った田辺は車に備え付けられたナビを手早く操作する。

見守る大輔は、車の中を満たしている香水の香りを胸に吸い込んだ。この数日間、ずっと感じていた田辺の匂いは心地よくて、似合わないのを承知で愛用してみようかと思ってしまう。

ずっと一緒にいるような気がするとしたら、なんとなく幸せだ。

「……キス、したいな」

車を走らせている田辺がぼそりと言う。

「外では……」

ダメだと言い終わる前に、手を握られた。

「わかってる」

指の間をいやらしくこすられ、大輔は落ち着きをなくした。

朝昼晩とご飯を出されたように、だいたい、一日に三回、セックスをした。挿入までいかなくても、ソファやキッチンやバスルームで、したいときにして、触りたいときに触られ、近づいて引っついた。

思い出すと、顔から火が出そうになる。

だから、乱暴に田辺の手を投げ捨てた。

「そ、そこ！　右じゃないか！」

「……はいはい」

田辺は笑ってハンドルを切る。

和菓子屋で買うのは酒まんじゅうだ。インターネットで調べまくって、署内でも聞きまくり、このあたりでは一番だと言われている店を探し出した。

届ける先は、田辺が知っている。岡村を通じて都合をつけてもらい、岩下佐和紀と会うことになっているのだ。酒まんじゅうは、手土産《てみやげ》だ。

岡村曰《いわ》く、一番機嫌がよくなるらしい。

「一緒に行かなくてもいいんだよ、大輔さん」

「行くって言っただろ」

何回目かのやりとりを繰り返し、酒まんじゅうをどっさり買った。

気に入らなかったら、手あたり次第投げつけられるぞと田辺が笑い、岩下佐和紀の楚々《そそ》とした容姿を思い出した大輔は首を傾げた。

確かにチンピラめいたところはあるが、普段から和服姿で過ごしている『岩下の男嫁』は、マル暴の刑事の中でも密《ひそ》かに人気が高い。眺めている分には美人画のような男だ。

「あや……。河喜田って男は、警察官なんだろう」

「あぁ。あの人。そうらしいけど、心配はないよ」

田辺はあっさりと答えた。

「だけど、俺の代わりに」

「そこか。本当に心配ないって。岡村にも確認したけど、恐ろしいほどノリノリで楽しんでたって話だから。……顔を合わすことがあっても、近づかない方がいい」

「ノリノリ……？　楽し……？」

あの日の出来事は悪夢だ。それは誰にとってもそうだと思っていたが、もしかしたら、知らない世界があるのかもしれない。きっとそれは、開けてはいけない扉だ。

「こわっ……」

ぶるぶるっと震えた大輔は自分の身体に腕を回した。

「俺は、新条の方がこわい……」

田辺がぼそりとつぶやく。

車は海沿いのルートに入り、市街地から離れたヨットハーバーのクラブハウスへ向かい、駐車場で停まった。

「これはまた……」

車を降りた大輔は、蒸したてで熱いぐらいの酒まんが入っている包みを摑んだ。

立派な造りだが、壁の白さも褪《あ》せていて、昭和の匂いがする。要は古ぼけた印象だ。

中へ入り、ロビーを抜けてカフェへ向かう。

岩下佐和紀は海が見えるテラス席で煙草を吸っていた。

着物の肩にふっくらとしたストールをかけた姿は、やはり絵になる。

そばにいた岡村が立ち上がり、大輔たちに向かって手を挙げた。

「だいじょうぶ？」

と田辺に聞かれ、

「おまえこそ」

と答える。

「ダメだわ、俺……」

頭なんてさげたくないと言いたげに、田辺は肩をすくめた。

それでも行くしかない。ふたりしてテラスへ出る。海風はまだ冷たかったが、日差しはもう春の気配だ。

「ふたりして、俺に、なにの用？」

ちらっと向けられた視線は眼鏡越しでも鋭い。だが、田辺をからかうような気安さが混じっていた。

「岩下さんから聞いてるだろう」

田辺が言うと、新条が立ち上がる。ゆっくり吸い込んだ煙を、わざと田辺に向かって吹きつけた。

「聞いたかな？　布団の中の話って、すぐに飛んじゃうからなぁ……。ね？　刑事さん。そうでしょ」

からかってくる目つきに妖《あや》しさがあり、あの岩下の相手を夜毎《よごと》務めているのかと思うと、想像するだけでエロい。後ずさった大輔の背中に田辺の腕が回る。

それと同時に飛んでくるのは、岡村の鋭い視線だ。

心の中のいけない妄想に気づかれたようで、大輔はぎくりとした。背筋を伸ばし、気を取り直して包みを差し出す。

「酒まんじゅうが好物だって、聞いたから」

「あ、そう。警察《マッポ》からの袖の下にしては気が利いてるね。シン。緑茶買ってきて」

佐和紀は妙に言葉が古い。使い走りを頼まれた岡村が席を離れる。

「賄賂は入ってない」

大輔は真面目に答えた。

「でも、これが賄賂なんだろ」

「違う」

「じゃあ、なに」

「手土産、です」

はっきり言って、包みを開けた。湯気が立ちのぼる。

煙草を消した佐和紀は、水のグラスを持ち、わざわざテラスの端まで行ってうがいをした。戻ってきて椅子に座り、まんじゅうを摑んだ。

岡村の帰りを待たずにかぶりつく。

その表情がきらりと輝いた。味に間違いはなかったのだ。

「話、聞いてやるよ。なに？　あぁ、シン。すっごいうまいから、店、聞いといて」

戻ってきた岡村は、借りてきたカップにペットボトルのあたたかい緑茶を注ぐ。

向き直った新条に睨みつけられ、大輔はとっさに田辺を制した。

「俺と田辺の仲を、岩下に認めさせて欲しい」

一息に言うと、新条の目が細くなる。

「あんたと、これと？」

指が大輔と田辺を順番に差す。

「情報提供の相手だってことは通ってるだろ？」

新条から確認され、岡村がうなずいた。

「それだけじゃなくて」

自分で言いながら、大輔は汗をかく。

田辺が驚いているのを察したが、振り向くことはできない。これは独断であり、相談になかったことだ。

新条があきれたように息をつく。

「不幸になるよ、刑事さん。こいつは、悪人だよ。平気で人を騙す」

「ちょっ……新条……」

田辺が慌て出し、

「そんなことは知ってる」

大輔は意気込んで答えた。じっとりとシャツが湿っていくほど暑い。海風が当たっているのに、汗がこめかみを伝う。

「こいつが、悪人でも犯罪者でも、そんなことは俺には関係ない」

三人のヤクザが、大輔を見ている。刑事らしくないことを言っているのは百も承知だ。それでもなんでも、田辺をあきらめることなんてできない。

「俺にとっては、優しいだけの恋人だ。だか、ら……」

どっと汗が流れ、もつれた舌を噛んでしまう。言葉がスパンと消し飛んだ。

続きを待つ佐和紀の視線が、田辺へ向く。

「で？」

「証人として、間に立ってくれないか」

相談はなにもしていなかったが、田辺は落ち着き払って言った。

「なにの証人だよ」

「俺は岩下さんを裏切らない。この人といられる限りは、どんな協力も惜しまない」

「……それを、俺が認めるの？　意味ある？」

不思議そうに首を傾げる新条が岡村に尋ねる。

「ないかもしれないから、うなずいておけばいいと思います」

岡村の答えは投げやりだったが、これ以上の後押しもない。新条が笑った。

「無責任だなぁ、シン。税金で雇われてるワンワンなんだから、ヤクザとくっついたらダメだろ」

「どうせ何年も続きませんよ」

岡村の言葉に、田辺の肩が揺れる。新条は自分の眼鏡を指で押し上げた。

「それもどうなんだ……。田辺ぇ。おまえ、本気なの？　次に聞かれたら、周平にちゃんと言える？」

しらばっくれただけで、やはり、ことの顚末《てんまつ》は聞いているのだ。きれいなだけの男嫁だと思われているチンピラヤクザは、田辺をまっすぐに見た。

「俺ね、仁侠《にんきょう》と仁義のない男は大嫌いだ。おまえとその人が本気だってことを認めるぐらいのことはかまわないけど、性根が変わってないんじゃ、受けたくない」

新条に見据えられ、田辺はくちびるを引き結んだ。やがて、静かに答えた。

「……必要があるなら、いますぐにでも岩下さんに会いに行く。他に納得のいく方法があるなら、教えてくれ。その通りにする」

「じゃあ、ふたりして、そこで犬の真似して三回まわって……」

「姐《あね》さん」

見かねたのか、岡村が静かに声をかける。新条は肩をすくめた。

「これでも、おまえのツレだから、話を聞いてやってんだよ？　そうじゃなかったら、顔も見たくない」

「でも、姐さんを見込んで来られたんですよ。特に、こちらは」

岡村の手が丁寧に大輔を示した。

「あんた、それで幸せ？」

新条の目が、まっすぐに見上げてくる。

嘘をつけば、見抜かれると思った。しかし、真実はいつもひとつだ。

「俺はずっと空っぽだった。父親が喜ぶから警察官になったし、母親が喜ぶから結婚した。

世間体のために子どもが欲しいと思ったし、父親よりも偉いと思われたくて刑事を希望した。それで満足だったけど、幸せだったことはない。田辺といて、不幸でもいい。いつか世間から後ろ指さされることになっても……」

「あんた、父親は生きてるの？」

「もう死にました」

「母親は」

「生きてます」

「……じゃあ、そいつ連れて、挨拶に行ってこい」

「は？」

目を丸くしたのは田辺だ。

「な、なに……？」

「ヤクザだって言わなくていい。適当なこと言っていいから、ふたりして挨拶してこい。それが済んだら、いざというときは俺が周平との間に立ってやる」

「そんなこと！　反対されるに決まってる！」

田辺が叫んだのとほぼ同時に、新条は手元のティーカップを引っ摑んだ。まるで昭和の頑固おやじだ。テーブルをひっくり返す代わりにぶちまけられた生温かい緑茶が、田辺を濡らして大輔まで飛んでくる。